Letzter Vorhang

Krimi am Wörthersee III

Christina Jonke

W0331200

Impressum:

© 2022

Christina Jonke

Umschlaggestaltung: ressi graphics

Verlag: myMorawa von Dataform Media GmbH, Wien
www.mymorawa.com

ISBN Paperback: 978-3-99129-774-1

ISBN E-Book: 978-3-99129-773-4

PRINTED IN
AUSTRIA

Das Werk, einschließlich seiner Teile, ist urheberrechtlich geschützt. Jede Verwertung ist ohne Zustimmung des Verlages und des Autors unzulässig. Dies gilt insbesondere für die elektronische oder sonstige Vervielfältigung, Übersetzung, Verbreitung und öffentliche Zugänglichmachung.

Zum Buch

Auch im dritten Krimi am Wörthersee von Christina Jonke ermitteln wieder der Kriminalgruppeninspektor Ben Groß und seine Schwägerin Tonja Stein.

Der Baulöwe Walter Zemmler liegt tot am Fuße der Burgruine Leonstain. Motive und potenzielle Täter gibt es im Ort zahlreiche, denn der Mann kannte nur seinen eigenen Vorteil. Da gibt es die delogierte Theatergruppe, die hintergangene Geliebte, eine übervorteilte Ex und einen enttäuschten besten Freund. Und alle haben etwas zu verbergen.

Zur Autorin:

Christina Jonke lebt mit ihrer Familie in Klagenfurt am Wörthersee. Zahlreiche Theaterstücke aus ihrer Feder eroberten bereits im gesamten deutschsprachigen Raum erfolgreich die Bühnen bevor sie sich dem Schreiben von Kriminalromanen widmete. Bereits erschienen:

Wem die blaue Stunde schlägt…

Die alte Villa am See

Sushi Taxi

Hinter verschlossener Tür

Prolog: Schönes Sterben

Es ist nicht kalt. Nicht heiß. Nicht hart. Nicht weich. Mir tut nichts weh. Es riecht nicht. Doch! Da ist ein Hauch von Erinnerung! Ganz leicht nur eine Spur von Moder? Würzig. Nicht unangenehm. Wie schön das Blätterdach über mir. Fast bunt. Mit einem zarten Schleier. Wie Nebel. Und der Himmel so nah.

Ich hätte nicht gedacht, dass es *so* sein wird. Schon so lange habe ich nicht mehr darüber nachgedacht, wie es sein wird. Wenn ich sterbe. Wenn ich tot bin.

Alle haben Angst vor dem Sterben. Ich auch. Also ich hatte. Dabei ist es nur eine winzig kleine Schrecksekunde. Im Fallen habe ich gedacht: Nein! Ich muss doch … ich will noch … ich brauch etwas mehr Zeit! Und dann?

Dann ist es egal. Plötzlich stellt sich da eine Leichtigkeit ein, so muss sich eine Daunenfeder fühlen, wenn sie langsam Drehung für Drehung zu Boden tänzelt.

Es ist gut wie es ist. Schön. Schwerelos. Ewig. Und nichts mehr wollen, sollen und müssen. Friedlich. Fast fröhlich. Wenn ich das früher gewusst hätte, dann … Ja? Was dann?

Nichts dann! Ich habe mich ja bisher nie wirklich mit dem Sterben beschäftigt. Weggeschoben habe ich jeden Gedanken daran. Keine Zeit. Noch nicht meine Zeit. Dafür habe ich noch lange genug Zeit – das habe ich mir gedacht.

Und dann geht es so schnell, dass du es gar nicht erfassen kannst. Ein Schubs an der Schulter, ein tiefer Fall, kurz Angst vor dem Aufprall. Ja, ich gebe es zu, vor mir selbst gebe ich es zu: ich hatte Angst. Vor dem Aufprall! Aber nach dem eher weichen Fall hätte ich nicht gedacht, dass ich wirklich sterben muss.

Dass ich in den Himmel komme! Was für eine Überraschung. Also wenn ich mich hier so umsehe, nehme ich jedenfalls stark an, dass es der Himmel ist. Oder das Vorzimmer zum Himmel. Wo ist eigentlich die Vorzimmerdame? Oder der Vorzimmerengel? Das Empfangskomitee? Man lässt mich hier einfach so herumliegen? Stilvoll ist das nicht! Elisabeth meinte ja immer, *alles* hat Stil. Schlechten oder guten. Aber kein Stil, das ginge nicht.

Wieso denke ich jetzt überhaupt an Elisabeth? Meine Ex seit gut zehn Jahren! Sandkastenliebe hin, Ehefrau her! Elisabeth! Eigentlich hatten wir es ganz gut miteinander. Erstaunlich, was sie nach der Scheidung alles aufgebaut hat. Leicht habe ich es ihr nicht gemacht! Aber wie hätte es denn auch ausgesehen, wenn ich mich als Platzhirsch der Immobilienbranche von ihr hätte ausbooten lassen! Bei so einer spannenden Hotel- und Shoppingtempel-Ausschreibung. Das musste sie doch einsehen.

Dabei hätte ich meinen Erfolg gerne mit ihr gefeiert. Die Elisabeth, die wusste, wie man feiert! Na ja. Das wird ja nun nichts mehr.

Kommt nun vielleicht bald einmal jemand um mir zu sagen, wo ich hinsoll? Verdammt noch einmal, wissen die hier nicht wer ich bin?

„Hallo! Ist hier jemand?“

Was soll das hier? Ist das Absicht, dass sich keiner kümmert? Soll ich hier etwa meine Sünden abbüßen? Ich dachte, dazu gibt es das Fegefeuer!
Nein.
Nein, nein.
Ich habe nichts gesagt.
Man soll ja nichts heraufbeschwören.
Warte ich eben noch ein bisschen. Schließlich liege ich ja durchaus angenehm. Ich habe keinen Durst und keinen Hunger. Vielleicht ist mir ein bisschen langweilig. Ja. Nur so herumliegen, das bin ich nicht gewohnt. Das konnte ich noch nie. Als Toter lernt man wahrscheinlich auch nichts mehr dazu, denke ich. Irgendwie komisch. Da hast du das ewige Leben und dann tut sich nichts mehr? Kein sehr sinnvolles Konzept würde ich sagen. Aber wer weiß das schon so genau.
Ha! Es gibt doch neue Ansätze, wie es scheint. Ich habe mich bisher noch nie selbst hinterfragt und kaum lieg ich da, schon zweifle ich an meinen eigenen Gedanken!
So etwas!
Das hier hat sicher die Freya für mich eingerichtet. Eine Geliebte, wie sie im Buche steht. Sexy, intelligent, herausfordernd. Und schön! Wo auch immer wir bei gesellschaftlichen Anlässen gemeinsam aufgetaucht sind, habe ich die bewundernden Blicke genossen. Auch die neidvollen. Denen ich die Gedanken angesehen habe: „Was will der kleine alte Zausel mit der schönen Frau. Was findet die bloß an ihm?“
Na ja. Ich war ja auch nicht immer alt und unsere Beziehung ist ja schon ziemlich beständig. Gewesen. Freya ist die Frau, die sich darum bemüht hat, aus mir einen besseren Menschen zu machen. Immer ist ihr das natürlich nicht gelungen. Ein Schweinehund war ich. Egoistisch. Geldgierig. Machtgeil. War

schon schön. Aber schöner war es, wenn sie mich zu irgendeiner Charity-Veranstaltung überredet hat, mich dann bewundernd anlächelte und sagte: „Geht doch, du alter Raffsack!" Dieses Lächeln war tausendmal mehr wert als die Zahlen am Konto, die ja ohnehin nur Fiktion sind. Eine Abmachung unter jenen, die das materielle Sagen haben.

Also kümmert sich hier bald einmal jemand um mich? Wie lange soll ich denn hier noch herumliegen? Verdammt. Ich krieg keine Luft. Was ist denn da los. Luft! Hilfe! Was soll denn das… wie soll ich denn ohne Luft …

2

„Hierher! Fefi, komm sofort zurück, bei Fuß“, tönt es um die Burgmauer der Ruine Leonstain. Fefi scheint schlecht zu hören. Kein Wunder, sind die Befehle doch vom lauten Verkehrslärm der nahen Autobahn unterlegt.
„Fefi! Bei Fuß“, ruft Sarah Gollner und pfeift gleich auch noch durch die Finger. Da kommt ihre Fefi angerannt, einen Schuh, der größer ist als der Hund selbst, schwer im Maul schleppend.
„Fefi! Aus!“
Der Hund legt den Schuh vor Sarahs Füße und bellt in höchster Rauhaardackelmanier. „Pscht! Im Wald ist man still“, schimpft Sarah, während sie den Schuh betrachtet.
„Wo hast du denn den wieder ausgegraben?“, fragt sie um gleich im Befehlston anzuschließen: „Bring das zurück, Fefi! Zurück!“ Mit ausgestreckter Hand und dem Zeigefinger zeigt sie in die Richtung, aus der Fefi gerade gekommen war. Der Hund schnappt sich seine Beute und läuft davon. Sarah eilt hinterher, ihre Wanderstöcke resolut in den weichen Waldboden stechend. Allerdings keine zwanzig Schritte lang. Dann bleibt ihr schier das Herz stehen. Da liegt ein Mann. Direkt unter der Burgmauer. Da wo sie am höchsten über die Autobahntrasse ragt.
Ganz erfahrene Ehrenamtliche – allerdings Wasserretterin - kniet sie sich neben den Mann hin und versucht seinen Puls zu fühlen. Das wäre allerdings gar nicht nötig gewesen, schaut er sie doch aus toten Augen an. Da ist nichts mehr zu machen. Reflexartig ruft sie den Notdienst, gibt das Problem und die Unfallstelle bekannt: Pörtschach, gleich hinter der Gloriette unter der Burgruine Leonstain.

Nein, sie wird nichts am Unfallort verändern.
Nein, sie wird keine weiteren Spuren vernichten.
Ja, sie bleibt vor Ort, um eine Aussage zu machen.
Das alles verspricht sie, ein mulmiges Gefühl im Magen. Sie hat noch nie einen toten Menschen gesehen. Was war hier wohl passiert, überlegt sie. Ist der Mann unglücklich gestürzt? Hat ihn der Herztod ereilt? Mit der freien Hand streichelt sie ihre Rauhhaardackeldame Fefi. Mehr um sich selbst zu beruhigen, als den Hund.

Sie setzt sich auf einen Baumstumpf. Irgendwoher kennt sie den Mann. Aber sie kommt nicht drauf, um wen es sich handelt. Persönlich kennt sie ihn wohl nicht. Vielleicht ist es irgend so ein B- oder C-Promi, denkt Sarah. Kein schöner Tod. Ob er sich vielleicht sogar selbst in die Tiefe gestürzt hat? Für Liebeskummer ist er wohl schon zu alt, denkt sie. Spielschulden vielleicht? Seine Kleidung ist sichtlich vom Feinsten. Da kennt sich Sarah aus, schließlich arbeitet sie bei einem angesagten Modelabel, das in jeder größeren Stadt eine Niederlassung hat. Da bekommt man einen Blick für edles Tuch – und das war ein solches. Der Schuh scheint auch nicht billig gewesen zu sein. Leder. Rahmengenäht.

„Ah, da sind Sie ja! Sie haben uns angerufen, oder?“ Zwei Polizistinnen in Uniform, gefolgt von zwei Rettungssanitätern stehen plötzlich vor Sarah. Erschrocken steht sie auf.
„Ich habe Sie gar nicht kommen gehört. Ich war so in meine Gedanken vertieft. Ich glaub ich kenne den Mann von irgendwoher. Aber ich komm jetzt einfach nicht darauf, wer er ist“, Sarah ärgert sich über ihren unsicheren Redeschwall, aber da ist es schon zu spät.

„Sie kennen den Mann also? Und haben ihn hier gefunden?“ Sarah nickt und schwört sich gleichzeitig, dass sie keinen einzigen unsachlichen Kommentar mehr abgeben würde. Es reicht schon, dass sie hier nun Rede und Antwort stehen muss, obwohl sie heute eigentlich ihren freien Tag hat und noch ins Sonnenstudio gehen wollte. Das kann sie vergessen.
Die beiden Rettungssanitäter kümmern sich um das vermeintliche Unfallopfer, schauen zu den Polizisten und schütteln bedauernd den Kopf.
Das hätte Sarah ihnen auch zweifelsfrei sagen können, dass da nichts mehr zu machen war.

„Wo ist die Frau, die den Toten gefunden hat?“ Benjamin Groß, Kriminalgruppeninspektor der Klagenfurter Polizeidirektion ist ein wenig außer Atem und fixiert Sarah schon mit einem zielsicheren Blick, noch bevor seine uniformierten Kolleginnen reagieren.
„Ich habe nichts angefasst. Außer den Mann da. Ich musste ja schauen, ob er vielleicht noch lebt, ob ich helfen kann“, rechtfertigt sich Sarah und nimmt Bens Visitenkarte mit der Aufforderung entgegen, am Nachmittag ins Präsidium zu kommen, damit man ihre Aussage zu Protokoll nehmen kann.
Auch das noch, denkt sie. Der Tag ist also vollends gelaufen.
„Kann ich dann jetzt gehen?“ will sie wissen und ist froh, als Ben nickt. Denn Fefi kann sich nicht beruhigen und ihr Gekläffe nervt bereits alle. Froh zieht Sarah von dannen, bevor irgendjemand auf den Gedanken kommen könnte, sie noch etwas zu fragen.

„Wer war das?“, will Tonja Stein wissen, die gerade mit ihrem Taxi noch eine Fuhre vom Bahnhof in Krumpendorf zu einer

Pension in Techelsberg gehabt hat. Der Tatort lag also quasi auf dem Weg. Ben klärt sie in aller Kürze über die Geschehnisse auf – viel weiß auch er noch nicht. Mittlerweile wuselt es nur so vor Kriminalbeamten in weißen Overalls, die das ganze Gelände um die Burgruine mit den rot-weißen Absperrbändern abgesichert haben und die zu Hauf neugierige Spaziergänger abwimmeln.
„Es gibt hier rein gar nichts zu sehen!" lautet die Devise, die überhaupt nicht zu stimmen scheint. Schließlich ist es augenscheinlich, dass hier etwas passiert sein muss.
„Selbstmord?"
„Möglich. Vielleicht auch ein Unfall. Herzinfarkt? Was weiß ich? Wir müssen warten, bis uns die Techniker etwas geben", zuckt Ben mit den Schultern.
„Herr Inspektor! Ich hab da etwas, das Sie interessieren könnte", ruft der Kriminaltechniker Johannes Ernst auch schon und bleibt erstaunt mit seinem Blick auf Tonja stehen.
„Tonja? Das ist aber eine Überraschung! Auf Krimi-Recherche?"
„Jössas. Johannes! Ich wusste ja gar nicht, dass du ..." Ja, was wusste sie nicht? Dass er bei der Kripo ist? Nein, das wusste sie nicht. Nur dass er sich für Kriminelles jeder Art interessiert. Das hat er ihr auf der Party nach der Buchpräsentation erzählt. Ihre erste Buchpräsentation! Was für ein erhebendes Gefühl, das erste Buch veröffentlicht zu haben.
„Träumen kannst du zuhause, liebe Schwägerin! Komm, jetzt", Benjamin drängt Tonja vor sich auf den schmalen Steig vorwärts, der rund um die Burgruine führt. Sie signalisiert mit einem Schulterzucken in Johannes´ Richtung, dass sie keine Zeit für privaten Tratsch hat.

Vor einer Art Zeltlager ohne Zelt bleiben sie stehen. In einer Asservatenbox liegen schon jede Menge Dinge, eingehüllt in Plastiktüten, zur weiteren Untersuchung.

„Ein ganz spezielles Lager, wie es scheint: vertrocknete Rosen, mindestens zwanzig Teelichter in Gläsern, hier zwei Decken und Pölster in einem Plastiksack, vor Nässe und Krabbeltieren geschützt, eine Plane, die wohl als Dach herhalten musste und das beste…“, Johannes Ernst geht ein paar Schritte zur Seite, hinter eine kleine überdachte Nische, „… zwei Luxusliegen der Marke Manufactum.“

„Ein Liebesnest“, entfährt es Ben und Tonja zeitgleich und alle lachen.

„So schaut es zumindest aus“, bestätigt Johannes. „Wir werden sehen, ob es Querverbindungen zu unserem Opfer gibt, DNA-Spuren. Oder ihr findet heraus, wer hier wen zum traulichen Tete á Tete getroffen hat.“

„Würdest du deine Angebetete hierher einladen? Sex zwischen Mücken und Schlangen?“ Ben schüttelt sich bei dem Gedanken und Johannes winkt verneinend ab.

„Liebesspiele im Freien sind schon etwas Besonderes“, gibt sich Tonja freizügig, betont aber auch, dass ihr Fund hier nach einer Dauereinrichtung aussieht.

„Ein, zwei Mal ist das vielleicht ganz romantisch, aber das hier … also ich hätte ja Angst vor irgendwelchen Tieren, die sich in die Bettwäsche einnisten. Grauslich, irgendwie. Aber umso mehr bin ich darauf gespannt, wer sich hier eingerichtet hat.“

„Herr Inspektor! Da gibt es noch etwas Interessantes“, hört Ben den Kriminaltechniker rufen. Bei jenem angelangt, hält er zwei Trollys in die Höhe.

„Voller Klamotten!“

Neugierig öffnet Tonja den größeren der beiden Koffer und zieht staunend ein weinrotes historisches Kleid mit schwarzem Spitzenbesatz heraus.
„Einen exquisiten Geschmack hat unser Liebespaar", pfeift Johannes durch die Zähne während Ben einen Gehrock und dazu passende Pumphosen hervorholt. Tonja sucht nach den Kleideretiketten.
„Die sind von einem Kostümversandhaus!"
„Theaterkostüme?"
„Was macht man hier mit Theaterkostümen? Hier ist doch weit und breit kein Theater!"
„Vielleicht hat jemand einfach nur die Koffer geklaut, ohne zu wissen, was sich darin befindet, war dann enttäuscht ob seiner seltsamen Beute und hat alles einfach hier stehen lassen?" Johannes ist stolz auf seine Theorie.
„Das macht keinen Sinn", korrigiert Ben. „Wenn das Diebesgut nichts wert ist, lassen die Langfinger die Sachen meistens einfach dort stehen, wo sie gerade vorbeikommen. Ich kann mir nicht vorstellen, dass irgendwer die Sachen hierherschleppt, ohne sie genau hier zu brauchen."
„Rollenspiele?" versucht Tonja ihr Rateglück.
„Möglich. Aber dann wären die Sachen wohl eher direkt beim Liebesnest abgestellt gewesen."
„Das stimmt", gibt Tonja Ben Recht und kombiniert weiter. „Dann gehören die Koffer also jemand ganz anderen. Jemanden, der hier oben Kostüme braucht."
„Stadtführer. Es finden doch auch auf so einer Ruine immer wieder Führungen statt", weiß Johannes.
Johannes schaut im zweiten Koffer nach und findet eine Mappe.
„Lumpazivagabundus. Textbuch. Josef Berger."

„Da kommen wir der Sache also schon näher. Der Josef Berger wird zwar nicht unbedingt das Kleid brauchen, aber ich bin mir sicher, dass es sich hier um zwei Koffer handelt, die zu Theaterleuten gehören. Und mit dem Herrn Josef Berger werden wir einfach einmal unsere Recherchen beginnen."

Bens Mobiltelefon läutet, unwillig nimmt er das Gespräch entgegen.

„Keine Papiere, keine Brieftasche? Seltsam. Du meinst, das machen nur Selbstmörder? Ich weiß nicht Recht. Irgendwie sagt mir mein kleiner rechter Finger, dass sich unser Patient hier nicht selbst in die Tiefe gestürzt hat." Dann hört er eine Weile zu und nickt. „Verstehe. Gut, dass der Kollege die Gesellschaftsseiten vom Kärntner Monatsmagazin liest. Der Walter Zemmler ist das also. Ein ordentliches Kaliber, der Herr Immobilienmagnat, wie man so schön sagt. Danke, jedenfalls. Gut gemacht!"

Als er sich wieder umdreht, sieht er Tonja und Johannes tuscheln und lachen. Er gönnt Tonja die ganz offensichtliche Aufmerksamkeit des Kollegen. Hat sie sich verdient.
Nachdem ihr Mann Mario, also Bens Bruder, sie derart an der langen Hand verhungern lässt. Wieder so ein Sprichwort, denkt Ben. Aber weil es wahr ist! Seit die beiden sich quasi auf Zeit getrennt haben, läuft eine ganz grausliche on/off- Beziehung zwischen den beiden. Nix Richtiges, eben. Ja, Tonja hat Marios sexuelle Vorliebe fürs Verkleiden bei einer Geburtstagsparty herausposaunt. Eine Promille-Geschichte. Blöd. Peinlich. Ja. Aber irgendwann ist auch genug damit, die beleidigte Leberwurst zu spielen, findet Ben. Mario ist da wirklich

extrem stur. Aber es geht Ben nichts an. Außer, wenn Tonja ihn wieder darum bittet, ein gutes Wort für sie bei Mario einzulegen. Allerdings ist das in letzter Zeit nicht mehr vorgekommen. Allmählich findet sie sich wohl damit ab, dass sie kein Paar mehr sind. Besser so.
Komisch eigentlich. Aber mittlerweile ist ihm seine Schwägerin näher als der eigene Bruder. Wie eine Schwester ist sie. Eine Schwester mit der man durch dick und dünn gehen kann. Er ist froh, dass er sie immer wieder in seine Ermittlungen einbauen kann. Sie hat ein gutes Gespür für die Menschen, trifft immer den richtigen Ton in den Gesprächen. Zuerst wollte sie ja nur Material für ihren Kriminalroman sammeln. Mittlerweile aber ist sie eine sehr hilfreiche Detektivin geworden.
Er nimmt sich vor, jetzt endlich einmal ihren Roman zu lesen. Nach der aktuellen Ermittlung wird er sich Urlaub nehmen, sich in den Liegestuhl auf der Terrasse des Camps Weißes Rössl knallen, lesen, einen Rössl-Campari neben sich und hin und wieder den sensationellen Blick auf den Wörthersee genießen. Gerade jetzt, wenn die Blätter mehr und mehr den Ausblick freigeben, ist es am schönsten am größten Kärntner See.

Ben schaut auf seine neue Armbanduhr – ein Geschenk von Sabine – zu seinem 45. Geburtstag. Kurz überlegt er, dann winkt er Tonja zu sich.
„Ich denke, es reicht, wenn wir den Berger morgen einen Besuch abstatten. Ich will heim.“
„Alles klar, Chef. Dann lass uns fahren!“

Sie verabschiedet sich noch von Johannes, was Ben heillos übertrieben findet. Aber bitte. Die beiden verstehen sich eben ganz offensichtlich gut.

3

Tonja liebt das bunte Terrassenlicht vor der Gig-Bar und gönnt sich an besonderen Tagen dort gern einen Cocktail. Oder zwei. Oder so.
Schwungvoll nimmt sie die stimmungsvoll beleuchtete Treppe und ist sich ihres Auftritts bewusst. Wenn sie es draufanlegt, sieht sie richtig gut aus.
Für die Jahreszeit ist es ein lauer Abend und die Tische sind gut besetzt. Zufrieden wirft sie ihre Mähne über die Schulter und lächelt Johannes zu, der bereits an einem Tisch mit Sicht auf den Lendkanal auf sie wartet. Es wird ein schöner Abend werden, ist sich Tonja sicher.
„Na? Wartest du schon lange?"
„Nein. Ich wollte nur vor dir da sein, um dich kommen zu sehen", Johannes steht auf und rückt für Tonja einen Stuhl vom Tisch.
Nicht schlecht, der Herr hat Manieren, bemerkt Tonja, nimmt Platz und freut sich auf einen Caiphi. Johannes hat ein kleines Bier vor sich. Immerhin kein großes, denkt Tonja, die es nicht ausstehen kann, wenn ihr Gegenüber sie mit einem Atem, der nach Bier stinkt, belästigt.
„Also ich freu mich riesig, dass du >Ja< gesagt hat", beginnt Johannes.
„Ja?"
„Ja!"
Ihr gemeinsames Lachen, das schon ein mehr an Intimität verspricht, als es der Augenblick zulässt, treibt Tonja eine leichte Röte auf die Wangen. Es fühlt sich ganz gut an, bemerkt sie.
„Also, dass wir beide hier sitzen! Nie hätte ich zu träumen gewagt … na ja du weißt schon … die berühmte Krimiautorin

Tonja Stein lässt sich von einem unwichtigen kleinen Kriminaltechniker auf einen Cocktail einladen. Und jetzt sitzen wir hier. Toll!“

„Also weder bin ich berühmt noch so eine eingebildete Schnepfe, dass ich nicht gerne mit einem Quasi-Kollegen auf einen Drink gehe. Was hast du bloß für ein Bild von mir, Herr Ernst?“

„Dass dich der ehrwürdige Groß zu seinen Ermittlungen mitnimmt, ist nicht von schlechten Eltern. Darf der das? Ich meine, ist das ganz offiziell genehmigt?“

„Wer lang fragt, geht lang irr. Und nein. Es ist nicht offiziell. Also sei so gut, und rede einfach nicht weiter darüber – auch nicht mit deinen Kolleginnen und Kollegen.“

„Ich werde schweigen wie ein Grab,“ grinst Johannes, der sich freut, dass sie beide jetzt ein gemeinsames Geheimnis haben.

„Benjamin Groß ist mein Schwager“, fühlt sich Tonja bemüßigt aufzuklären. „Ich fahre ihn mit dem Taxi überall da hin, wo er hinmuss und ich darf bei den Befragungen dabei sein. Das ist der Deal.“

„Hat der denn keinen Dienstwagen? Ich meine, schließlich ist er doch Kriminalgruppeninspektor! Da steht ihm doch ein Dienstwagen zu.“

„Der ist ständig in der Inspektion oder aber schon vergeben, wenn Ben erst um zehn seinen Dienst antritt. Das ist seine persönliche kleine Macke. Aber, das ist auch streng geheim!“

Johannes nickt verschwörerisch.

„Deshalb das Taxi. Ich verrechne ihm ja auch nichts. Dafür kann ich die Recherchen – natürlich bearbeitet und verändert – verwenden. Das bringt mich beim Schreiben richtig gut weiter.“

„Dein Buch ist super geworden. Wieviel davon ist Fiktion?“

„Das kann ich heute gar nicht mehr so wirklich sagen. Du schreibst dir alles mögliche auf, ordnest es neu, gibst den Figuren andere Namen, die Beziehungen zueinander werden einer Art Zufallszuordnung unterzogen und voila, eine neue Geschichte entsteht."

Fasziniert hört Johannes zu. Wahrscheinlich ist er im Begriff seine erste Verliebtheit zu vertiefen.

„Und du?" Tonja ist ein wenig irritiert von seinem intensiven Blick. Nachdem sie keinerlei Reaktion auf ihre Frage bekommt, wiederholt sie: „Und du? Was treibst du so, wenn du gerade keine chemischen Analysen vor dir hast?"

„Ich? Äh…", kommt es wenig geistreich, weil die Gedanken gerade so konzentriert bei Tonja und dem eventuell in Aussicht stehenden weiteren Verlauf des Abend waren.

„Ich? Ähm, ja. Ich. Ich überlege, ob ich nicht auch ein Buch schreiben soll."

„Das ist ja spannend. Auch einen Krimi?" Tonja ist nicht besonders darauf erpicht in unmittelbarer Umgebung quasi Konkurrenz zu bekommen. Als ob Johannes den leicht abschätzigen Unterton, der wirklich nur für ganz feinsinnige Ohren zu bemerken war, realisiert hätte, winkt ab.

„Aber nein. Das war gerade nur so eine spontane Idee. Ich hab überhaupt kein erzählerisches Talent. Das hat mir schon meine Lehrerin in der Volksschule attestiert. Johannes, hat sie gesagt, nein Hansi, Hansi hat sie gesagt, deine Aufsätze sind eine Katastrophe. Komm bloß nicht auf die hanebüchene Idee, einmal ein Dichter werden zu wollen."

Tonja muss ob der Art und Weise, wie Johannes die Lehrerin nachäfft, herzlich lachen.

„Nein. Aber, weißt du was mich ärgert?"

„Nein. Erzähl!"

„Die ganzen TV-Krimis, aber auch viele Romane verwenden kriminaltechnische Kniffe, dass es einem Profi die Haare zu Berge bläst. Alles erstunken, erlogen und wild daher fantasiert. Deshalb finde ich es auch so großartig, dass du zuerst in der Realität recherchierst."
„Echt? Was zum Beispiel?"
„Allein diese 30 Sekunden, die Jemand einen mutmaßlichen Entführer am Telefon hinhalten soll, damit ihn die Polizei orten kann. Absoluter Schwachsinn! Die Polizei hört digital ab. Es gab immer schon die Möglichkeit jeden Telefonanschluss abzuhören und zuzuordnen. Immer schon! Und im digitalen Zeitalter erst recht."
„Aha. Und was noch?"
„Das ist auch etwas, das mich jedes Mal richtig ärgert: Es wurde eingebrochen. Die Kriminaltechnik untersucht das Schloss. Es ist unversehrt. Und der Beamte im Fernsehen sagt dann prompt bedeutungsschwanger, dass das Opfer den Einbrecher gekannt haben muss."
„Was ist denn daran falsch?"
„Es kann sein, ja. Aber hast du noch nie die Tür geöffnet, einfach nur, weil es geklingelt hat?"
„Na ja. Mach ich aber eigentlich immer seltener. Man weiß ja nie", überlegt Tonja.
„Gut. Aber wenn dir durch die Gegensprechanlage jemand erzählt, er hätte ein Paket für dich?"
„Würde ich öffnen, ja. Allerdings auch nur, wenn ich tatsächlich auf eines warten würde."
„Ok. Es könnte einer aber auch sagen, dass er an deinem Auto einen Parkschaden verursacht hat."
„Woher will der wissen, welches Auto meines ist?"
„Du bist ganz schön gewieft!"

Die beiden lachen. Aus dem Gespräch ist ein Spiel geworden.
„Er sagt, er hat Blumen von mir für dich."
„Ja, da würde ich wahrscheinlich öffnen", gibt Tonja nach.
„Und zack, zieht er dir eine Eisenstange über den Kopf oder drängt dich in den Vorraum, überwältigt, fesselt und knebelt dich oder irgend etwas Grausliches in der Art."
Während Johannes noch das eine oder andere Detail aus seiner Trickkiste zaubert, beobachtet ihn Tonja schmunzelnd. Schaut nicht schlecht aus, der Kollege. Südländischer Typ, volles dunkles Haar, gepflegte Erscheinung. Sympathisch, redegewandt. Ja, ein durchaus interessanter Mann. Ob er verheiratet ist? Sie schaut auf seine Hände. Kein Ehering. Das muss aber nichts heißen. Sicher ist er in einer Beziehung. Schon lange. Aber warum flirtet er dann so offensichtlich mit ihr, überlegt Tonja und merkt, dass es allmählich an der Zeit ist, sich wieder ins Gespräch einzuklinken.
„Ich denke, ich werde da noch die eine oder andere Fachfrage an dich herantragen, mein kriminaltechnischer Sherlock."
„Immer zu Diensten, Agatha! Aber jetzt möchte ich Sie gerne kriminell gut küssen."
Hoppla!
Aber warum nicht, denkt Tonja während sie ihm spielerisch die Lippen zum Kuss darbietet und noch kurz an Mario denkt.
„Das wird sicher Spuren hinterlassen!"
„Das hoffe ich doch", brummt der Kriminaltechniker und drückt sanft seine Lippen auf ihre.
Fühlt sich gar nicht schlecht an.
Selbst schuld, Mario, überlegt sie noch, bevor sie sich in dem Gefühl verliert, wie verführerisch gut sich dieser fremde Mund anfühlt. Der erste Körperkontakt ist jedenfalls vielversprechend. Die Chemie scheint zu passen. Wie es sich wohl

weiterentwickelt? Will sie überhaupt, dass es ein Weiterentwickeln gibt? Wie weit will sie gehen? Gut, dass er ihre Gedanken nicht lesen kann. Was er wohl denkt? Na ja, was wohl. Woran denken denn Männer beim Küssen? Die sind da doch immer schon einen Schritt weiter!

Egal. Was soll´s? Sie lebt nur ein Mal. Und jetzt lässt sie sich einfach einmal treiben. Schließlich hat sie im Moment keinerlei Verpflichtungen.

4

Ungeduldig klopft es an Tonjas Haustür. Schnell schlüpft sie in ihre Jeans, wirft sich ihren Hoody über und öffnet.
„Wenn du dir noch schnell mit den Fingern durchs Haar fährst, könnten wir loslegen“, brummelt Benjamin Groß und schaut demonstrativ auf die Uhr.
„Ist spät geworden .... War nicht geplant“, murmelt Tonja verlegen und verschwindet im Minibad ihres Mobilhome.
„Ich geh schon einmal zum Auto“, erklärt sich der Kriminalgruppeninspektor.
Was hat er es denn so eilig, ärgert sich Tonja über die so abrupte Störung. Sie hat geträumt. Schön war es gestern noch gewesen. Von „ausgeschlafen“ ist also keine Rede. Aber der Kaffee wird schon das Seinige tun, um sie wieder auf Vorderfrau zu bringen.

Nichts und Niemand wird ihr heute die Laune verderben. Endlich fühlt sie sich wieder als Frau, die männliche Begehrlichkeiten wecken kann. Nicht, dass sie diesen gleich beim ersten Rendezvous nachgegeben hätte. Vielleicht war das ein Fehler. Aber so ist sie nun einmal. Tonja Stein ist keine Frau für einen One-Night-Stand – auch nicht für einen First-Date-Stand.
Sie hat in den vergangenen Wochen wirklich schon an ihrer weiblichen Anziehungskraft gezweifelt. Hoffentlich lag es nicht nur an der hübschen Gerbera, die in der Bar den Tisch geziert hatte, überlegt Tonja schon wieder an sich selbst und ihrer Wirkung zweifelnd. Schließlich heißt es, dass eine Gerbera allein durch ihre Ausstrahlung alles in der Umgebung schöner erscheinen lasse.

Oh, du heilige Strohsack! Es muss an der Blume gelegen haben. Ihr Spiegelbild sagt ihr, dass es völlig abwegig ist, sich in diese Person zu verlieben. Kein Wunder, dass sich Mario nicht mehr für sie entscheiden kann.
„So ein Blödsinn! Jetzt reiß dich aber einmal zusammen, Tonja!“ schimpft sie laut mit sich selbst. „Arbeite lieber an deinen inneren Werten, gute Frau.“
Dennoch entscheidet sie sich lieber für eine kurze Schminkeinheit. Ein bisschen Kajal, drei Durchgänge Wimperntusche, ein Hauch von Lippgloss, Haargel, fertig.
„Jetzt bin ich gespannt, was der Tag bringt.“ Sie zwinkert sich im Spiegel zu und schenkt sich selbst ein kleines Lächeln. Ja, sie ist glücklich. Und nein, sie wird sich nicht unterkriegen lassen.

„Da bist du ja endlich“, brummelt Ben, pfeift aber gleich darauf anerkennend durch die Zähne.
„Aufgemaschelt! Steht dir. Kein Vergleich mit der zerrupften Nachteule, die mir die Tür gerade eben geöffnet hat. Muss ich etwas wissen?“
„Nein. Musst du nicht.“
„Auch gut. Jedenfalls schaust du munter aus der Wäsche. Das heißt, du bist voller Tatendrang und das kann ich gut brauchen. Wir fahren zum Josef Berger. Karawankenblickweg 33.“
„Du meinst, dass der zuhause ist?“
„Er ist Lehrer und hat heute keinen Unterricht“, erklärt Ben und zeigt, dass er bereits Vorarbeit geleistet hat.
„Zeit für Frühstück?“
„Eigentlich dachte ich, dass uns der Berger eines machen könnte.“
„Du darfst so etwas doch gar nicht annehmen!“

„Eh nicht. Aber …"
„Ich hab ein cooles neues Frühstückslokal entdeckt. In Klagenfurt. Die Hafenstadt. Megagut, sag ich dir! Ich lade dich ein", unterbricht Tonja ihren Schwager. Sie hat so richtig Lust auf ein Californication mit Käse, Avocado und allem möglichen Schnickschnack. Schmunzelnd nimmt sie Bens minimale Bedenkzeit wahr und gibt Gas.
„Also einmal Hafenstadt, der Herr?"
„Mein Frühstück war heute nicht besonders üppig", gibt Ben zu. „Sabine musste früh raus. Irgendein Tourismusmensch will sich die Anlage heute anschauen und da will sie noch alles kontrollieren, um einen möglichst guten Eindruck zu machen."
„Wer interessiert sich denn jetzt im Herbst für eine Mobilhome-Anlage, einen Campingplatz?"
„Ich glaube, ein Investor."
„Nein! Sie will doch nicht etwa verkaufen?"
„Was weiß ich was in ihr vorgeht? Übers Geschäft redet Sabine nicht mit mir. Aber soviel habe ich selbst auch schon mitbekommen: Die heurige Saison war mehr als bescheiden für sie. Ich würde es verstehen, wenn sie verkauft."
Tonja schüttelt den Kopf.
„Das kann doch nicht wahr sein! Wir haben im Frühling soviel Arbeit hineingesteckt!"
„Ein Grund mehr. Jetzt ist alles gut in Schuss. Das gibt einen besseren Preis."
Missbilligend schüttelt Tonja den Kopf. Ein Investor würde alles platt machen und eine riesige Apartmentanlage auf das wunderschöne Grundstück stellen. Das darf nicht passieren. Solche modernen Bauklötze, alle im selben Stil, gibt es doch schon genügend. Sie wird mit Sabine reden. Vielleicht ist ja

alles ganz anders. Aber auf jeden Fall wird sie ihrer Freundin erneut ihre Hilfe anbieten. In letzter Zeit hat sie sich ein bisschen zurückgezogen, um das junge Glück nicht zu stören. Waren Ben und Sabine zusammen, turtelten sie derart ungeniert, dass es selbst ihr ein wenig peinlich wurde. Außerdem war es nicht gerade lustig die Beiden bei ihrem verliebt Sein zu beobachten und selbst beziehungstechnisch so gar nicht erfolgreich zu sein.

„Bella zeigt ja auch keine Ambitionen, den Betrieb weiterzuführen. Also, was soll der ewige Kampf um die Gäste, wenn sie es sich doch viel einfacher machen kann. Meine Unterstützung hat sie jedenfalls."

„Nur weil die Tochter das Weiße Rössl und den Campingplatz nicht übernehmen will – bitte die ist 15 oder so – kann man doch nicht alles irgendwem verkaufen!"

Tonja ist entsetzt. Und dabei geht es ihr nicht um ihre eigene kleine Villa mit Seeblick, nein! Grundsätzlich findet sie diesen Ausverkauf der schönsten Gründe skandalös.

„Na ja. Vielleicht sollten wir uns alle einmal an einen Tisch setzen und überlegen, was wir tun können beziehungsweise, was überhaupt geplant ist."

Endlich in Klagenfurt angekommen fängt die Parkplatzsuche an.

„Stell dir vor, was mir vergangene Woche passiert ist. Ich parke da vor dem ORF Gebäude. Ich sehe die blaue Parkplatzkennzeichnung für „Kurzparkzone". Ich löse über Handyparken einen Parkschein für eine Stunde und geh zum Interview ins Funkhaus. Ein Interview zu meinem Krimi. Nach einer Dreiviertelstunde komme ich heraus und hab einen Strafzettel auf der Windschutzscheibe picken. Holla, denke

ich. Das gibt es ja nicht! Der Parkplatzsheriff ist nur drei Autos weiter. Also geht ich zu ihm hin, halte ihm den Strafzettel unter die Nase und kläre ihn auf, dass ich doch eine Gebühr entrichtet hatte. Ich zücke mein Telefon, um es ihm zu zeigen. Da winkt er ab.
>>> Sie haben keine Ankunftszeit hinterlegt>>>, meint er streng.
>>>Ja, aber ich hatte doch die Parkgebühr bezahlt und da steht doch auch die Ankunftszeit…<<<
Er lässt mich gar nicht ausreden sondern belehrt mich weiter
>>> Sie müssen die Ankunftszeit sichtbar hinterlegen! Hier können Sie kostenlos parken, wenn Sie die Ankunftszeit… <<<
>>>Aber ich habe doch<<<, entgegne ich. Und er wieder
>>> Ich kann nicht wissen, dass Sie einen Parkschein online gelöst haben. Ich habe gesehen, dass Sie keine Ankunftszeit hinterlegt haben <<<
>>> Sie, ich explodiere gleich <<<, habe ich ihn gewarnt aber er schüttelt nur den Kopf und meint, dass alles rechtens ist und ich mich ja beim Magistrat beschweren kann. Das habe ich natürlich gleich gemacht. Und auch dort haben sie mich belehrt, dass alles meine eigene Schuld sei, ich hätte schließlich keine Ankunftszeit…und so weiter und so fort… Stell dir vor: Du zahlst eine Parkgebühr obwohl du gar nicht zahlen müsstest und bekommst dafür auch noch eine Strafe. Statt null Euro habe ich dann 26 Euro bezahlt."
„Und trotzdem parkst du jetzt wieder da, nur um hier üppig zu frühstücken?"
Tonja zuckt die Schultern und lacht fatalistisch.
„Jetzt weiß ich ja um die örtlichen Gepflogenheiten und werde die Ankunftszeit peinlich genau auf die Minute angeben."

Lachend steigen die beiden aus und stapfen Richtung Hafenstadt.
„Schaut aber ganz schön abgerissen aus“, bemerkt Ben unsicher.
„Aber drinnen ist es voll stylisch, lass dich überraschen, mein Guter.“

Nachdem die Qual der Frühstückswahl ein Ende gefunden hat, lehnen sich beide behaglich in ihren Stühlen zurück, schauen sich an und lachen.
„Gut, dass du dich schön langsam von deinem Mann löst.“
„Wie kommst du denn darauf“, Tonja ist alarmiert. Nein, nein. Niemals wird sie Mario einfach so aufgeben. Wie kommt Ben dazu, das zu denken?
„So wie du heute strahlst, kann da nur ein Mann dahinterstecken. Ich kenn dich! Und ich weiß, dass es nicht Mario gewesen sein kann, weil mit dem bin ich gestern versackt. Also?“
Verlegen schüttelt Tonja den Kopf. Ben weiß, wann er nichts aus einer Person herauskriegt, also beendet er die Fragerei mit einem wissenden Lächeln.
„Wenn es spruchreif ist, erzählst du es mir, ja?“
Endlich ein Kopfnicken und zwei Frühstücksteller, die Ben das Staunen lehren. Konzentriert und genießerisch machen sie sich darüber her, bis Tonja das Schweigen bricht.

„Weißt du eigentlich auch schon, was der Josef Burger …“
„Berger. Berger heißt unser Manuskriptinhaber von der Gloriette“, berichtigt Ben.
„… was der Herr Berger mit dem Toten zu tun hat?“
„Nein. Darüber wird uns der Herr wohl persönlich in Kenntnis setzen müssen.“

„Hm. Ein Baulöwe und ein theaterspielender Lehrer… auf den ersten Blick gibt es keinen Zusammenhang, der sich aufdrängt. Aber wer weiß? Vielleicht hat der Herr Berger sein Haus vom Baumeister bauen lassen und war nicht zufrieden?"
„Oder ein Kind vom Zemmler war beim Berger in der Klasse und ist durchgefallen. Der Zemmler wollte den Berger zur Rede stellen…"
„… oder ihn schmieren…"
„… und es kam zum Streit. Der Zemmler fiel über die Mauer und zack: aus die Maus."
Nickend starren die beiden auf ihre leeren Teller.
„Zahlen, bitte", tönt es von beiden gleichzeitig zur Kellnerin hinter der Theke als Bens Mobiltelefon klingelt.

„Groß!", meldet sich Ben und hört interessiert, was der Anrufer zu sagen hat. „Passt. Mach ich."
„Wir fahren jetzt zuerst zum Berger nachhause", erklärt er.

5

„Herrschaftszeiten noch einmal, kannst du nicht ein bisschen vorsichtiger bremsen", im letzten Moment stemmt sich Ben mit einer Hand gegen das Armaturenbrett, um nicht durch die Windschutzscheibe zu fliegen.
„Entschuldige. Ich hab den Parkplatz erst im letzten Moment gesehen", entfährt es Tonja, die sich schon – wütendes Hupen hinter sich ignorierend – rückwärts in eine Parklücke im Karawankenblickweg zwängt.
„Hoppla."
„Ja, ja. Hoppla", äfft Ben sie nach, nachdem sie die Stoßstange des hinter ihr stehenden Autos leicht touchiert hat.
„Heißt doch Stoßstange, oder nicht?"
Der Wagen alarmiert bereits alle Passanten mit seiner nervösen Blink- und Hupanlage.
„Was ist denn hier los! Können Sie nicht aufpassen? Ich denke, Sie sollten eine Nachschulung in der Fahrschule in Erwägung ziehen!"
Offensichtlich war das der Eigentümer des Wagens, der hier erbost aus dem Haus Nummer 33 geeilt ist und nun schimpfend am Gehsteig steht. Ben steigt aus und beäugt mit ihm gemeinsam die betroffene Stelle.
„Nichts zu sehen. Ist ja nichts passiert!" beruhigt Ben den Mann, schaut auf die Hausnummer und fragt: „Sie sind der Herr Berger, oder?"
Verblüfft nickt der Mann, Ben weist sich als Kriminalgruppeninspektor aus und stellt Tonja als seine Assistentin vor. „Sie ist eine sehr temperamentvolle Lenkerin, wissen Sie. Aber, sie hat noch nie einen Unfall gebaut."

„Eine Taxifahrerin? Ist Ihre Assistentin?“ Herr Berger zweifelt ganz offensichtlich und prüft Bens Ausweis ganz genau.
„Der ist schon echt, keine Sorge“, beschwichtigt der Beamte und nimmt seinen Ausweis wieder an sich.
„Es gibt so viele Gauner und doppelt so viele faule Tricks, sich das Vertrauen der Leute zu erschleichen. Und dann nimmt man die Menschen mit ins Haus und schon haben sich Schmuck und andere Wertgegenstände in Luft aufgelöst.“
„Ja. Leider kommt das vor. Wir möchten Sie bitten, dass Sie sich ein wenig Zeit für uns nehmen. Es ist etwas passiert“, erklärt Tonja.
Der Lehrer runzelt die Stirn á la „Was hab ich gesagt?“ wird aber von Ben gleich an Ort und Stelle befragt.
„Sie kennen Herrn Zemmler?“
„Zemmler. Den Baulöwen? Wer kennt den nicht“, gibt sich Berger ausweichend, sodass Tonja und Ben einen bedeutungsvollen Blick wechseln.
„Er ist tot“, wagt sich Tonja vor.
„Tot? Was ist denn passiert?“
Benjamin Groß überlegt. Die Reaktion seines Gegenübers weist eigentlich keine verdächtige Nuance auf. Sehr neutral alles. Vielleicht ein ganz kleines bisschen zu neutral.
„Sie sind Schauspieler“, setzt Tonja nach, worauf Berger erstaunt reagiert.
„Sie interessieren sich für Theater?“
„Das nicht, aber wir haben ein Textbuch mit Ihrem Namen gefunden. Auf der Burgruine Leonstain.“
Ben beobachtet Bergers Mimik ganz genau. Nach einer offensichtlichen Schrecksekunde lächelt dieser, keineswegs verlegen.

„Wir proben dort. Ich spiele in unserer Theatergruppe mit, ja. Ich bin der Knieriem in Nestroys Lumpazivagabundus. Sie müssen unbedingt zuschauen kommen. Das wird ein Spaß!"
„So etwas ähnliches haben wir uns schon gedacht. Wegen der Kostüme", bestätigt Tonja.
„Ein ungewöhnlicher Ort, die Kostüme zu lagern, nicht?"
„Das ist wohl wahr, ja", bestätigt Berger, „Wir haben zurzeit ein kleines logistisches Problem, wissen Sie."
„Nämlich?"
„Unser Probenraum ist uns abhandengekommen."
„Wie, abhandengekommen? Rausgeflogen?"
Jetzt wird es interessant, findet Ben und nimmt den Faden auf. „Wem gehört denn Ihr Probenlokal?"
„Jetzt haben Sie mich erwischt! Dem Zemmler, gehört die Lagerhalle, in der wir kostenfrei proben haben dürfen. Aber vor ein paar Tagen war es plötzlich vorbei mit seiner Großzügigkeit und er hat unsere Sachen einfach auf die Straße gestellt. Nein. Stellen lassen, natürlich. Der macht sich ja nicht selbst die Hände schmutzig! Der alte Sack!"
„Das klingt nun aber nicht sehr freundlich, Herr Berger. Was war denn die Begründung für den Rauswurf?"
„Was weiß denn ich", echauffiert sich der Befragte.
Seltsames Verhalten überlegt Tonja. Der sagt uns nur die halbe Wahrheit. Oder zumindest nur häppchenweise. Aber warum? Hat womöglich er den Zemmler im Streit über die Brüstung geschubst? Eigentlich sieht der Mann eher harmlos aus. Aber wer weiß schon, was einen Menschen im Zorn so antreibt. Jedenfalls ist er emotional verwickelt. Irgendetwas stimmt nicht an seinen Aussagen.

„Vielleicht sollten wir uns doch im Haus unterhalten, Herr Berger“, Benjamin wird förmlich. Also hat auch er etwas gewittert.
„Meine Herrschaften, ich habe wirklich nicht so viel Zeit.“
Sein Mobiltelefon klingelt. Unwirsch nimmt er das Gespräch an.
„Ja. Ich komm eh gleich. Ich setze mich in zwei Minuten ins Auto, falls ich aus der Parklücke überhaupt herauskomme. Da hat mich jemand eingeparkt.“
Tonja trifft Bergers strafender Blick als er sein Telefon wieder einsteckt.
„Sie haben es ja gehört, ich habe einen Termin.“
„Gut, dann wollen wir Sie nicht länger aufhalten, Herr Berger. Kommen Sie bitte in die Polizeidirektion nach Klagenfurt. Dann können wir ein Protokoll aufnehmen und vielleicht noch die eine oder andere Frage klären“, verlangt der Kriminalist und freut sich, eine kleine Unsicherheit in Bergers Körpersprache entdeckt zu haben. Also doch. Hier ist etwas faul.
„Ich hab morgen Vormittag aber Unterricht“, windet sich der Professor, was ihm nichts nützt.
„Nachmittag, 15 Uhr reicht völlig, Herr Berger.“
„Aber ich habe Ihnen doch schon erklärt, dass ich nichts weiß und den Zemmler nur vom Hörensagen gekannt habe!“
„Es geht ja nur um das Protokoll“, erklärt Tonja geduldig. „Das mit den Fragen war nur so gemeint, dass es ja sein kann, dass durch unsere Ermittlungen vielleicht doch noch eine neue Frage auftauchen könnte.“
„Na schön. Aus der Nummer komme ich wohl ohnehin nicht heraus. Stimmt´s?“
„Genau. Schön, dass Sie mit uns kooperieren. Wir sehen uns also Morgen.“

Damit verabschieden sich Ben und Tonja und steigen wieder ins Taxi, mit Argusaugen von Berger beobachtet. Tonja bemüht sich, den Wagen des Lehrers nicht noch einmal zu berühren.

„Ein komischer Heiliger“, ist Tonja neugierig auf Bens Einschätzung.
„Allerdings. Irgendetwas will er nicht, dass herauskommt. Aber was? Der hält mit der Wahrheit zumindest zum Teil hinter dem Berg. Sofern das, was er uns aufgetischt hat überhaupt der Wahrheit entspricht“, bestätigt er Tonjas Überlegungen.
„Dann sind wir uns ja einig“, bekräftigt Tonja. „Jetzt zu Zemmlers Adresse, oder?“
„Genau da hin. Vielleicht kannst du dort das Auto so zum Stehen bringen, dass wir nicht wieder jemanden vor den Kopf stoßen und gleich zum Gesprächseinstieg schlechte Karten haben. Geht das?“
Tonja lacht und meint bestätigend: „Geht das.“
Ben stimmt in das Lachen ein.
„Den Film hab ich auch gesehen. Wie hieß der? Die G´schties“, oder?“
„Willkommen bei den Sch´tis.“
„Genau! Sehr lustig.“
Tonja gibt an der grünen Ampel wieder Gas, dass Ben sich schnell hilfeheischend am Handgriff festklammert.

6

Erleichtert löst Ben den Sicherheitsgurt, steigt aus und wischt sich mit einem bereits etwas mitgenommenen Papiertaschentuch über die schweißnasse Stirn.

„Wenn du dich nicht bald wieder eines bürgerlichen und straßenverkehrsordnungstauglichen Fahrstils befleißigst, such ich mir ganz schnell eine andere Fahrgelegenheit, Tonja." Er zupft sein Sakko zurecht und prüft sein Mobiltelefon.

„Wer wird denn so empfindlich sein, wegen ein bisschen sportlichem Fahrstil? Aber wenn du lieber im Altherrenmodus kutschiert werden willst, bitte. Kein Problem. Ich dachte, wir haben es eilig?" entgegnet Tonja schelmisch. Ben wäre nicht Ben wenn er nicht über irgendetwas nörgeln kann. Sie nimmt das nicht persönlich, dazu kennt sie ihn schon zu gut.

„Ja eh. Eilig haben wir es immer. Aber was nützt es, wenn ich mich dann erst eine Viertelstunde sammeln muss, weil mir schlecht ist", brummelt der Kriminalgruppeninspektor schon wieder versöhnlich.

„Wer klingelt?" Tonja hat ihren Zeigefinger schon fast an der Klingel, als es durch die Gegensprechanlage tönt.

„Wer sind Sie? Was wollen Sie?"

Benjamin kommt herbei und raunzt „Guten Morgen. Kriminalgruppeninspektor Benjamin Groß und Assistentin. Wir haben ein paar Fragen."

Der Türsummer signalisiert den Einlass durch das große geschwungene schmiedeeiserne Tor.

Tonja ist fasziniert von der Blumenrabatte voller Nelken, die sich vom Einfahrtstor bis zum Vorplatz der Villa erstreckt. Sehr elegant.

„Weiße Nelken! Weißt du wofür weiße Nelken stehen, Ben?"

Der schüttelt lächelnd den Kopf.
„Ich weiß nur, dass Nelken völlig altmodisch sind. Sabine hat mir meinen letzten Blumenstrauß – wohlgemerkt waren darin neben Rosen, Gerbera und Grünzeug nur ein paar Nelken – fast um die Ohren gewickelt. Sie hatte den Eindruck, der Strauß wäre eher als Grabschmuck zu gebrauchen“, outet er sich als Blumenbanause.
„Tja. Stimmt. Heute schenkt man kaum mehr Nelken. Aber: weiße Nelken stehen für ewige Treue.“
„Aha. Dann bist du als nächstes wohl neugierig, wer hier die Gartenpflege überhat, wie?“
Ben liebt es, wenn Tonja ihren ganz besonderen Spürsinn zur Schau trägt. Denn auf die Gartenanlage hätte er nie geachtet. Auf jeden Fall kann dabei Interessantes herauskommen, das weiß er mittlerweile aus der Erfahrung ihrer beider Zusammenarbeit schon.

Am prächtigen Holzportal der Zemmler-Villa steht eine elegante Frau, die sich als Andrea Simon und Hausdame vorstellt. Mit einer freundlichen Geste bittet sie die beiden Besucher ins Haus. Staunend schweifen Tonjas Blicke durch den großzügigen Eingangsbereich, der sie mit deckenhohen und gut gefüllten Bücherregalen beeindruckt.
„Wow. Das kann man ja gar nicht in einem einzigen Leben lesen“, entfährt es ihr.
Frau Simon lacht.
„Stimmt. Was da herumsteht hat schon dem Herrn Zemmler sein Großvater zu sammeln begonnen. Tee? Kaffee? Wasser?“
„Gerne einen Kaffee“, bestellt Ben und setzt sich auf Frau Simons Einladung ins bequeme Ledersofa.

„Nobel. Und gar nicht kalt. In anderen Häusern ist es im Vorraum empfindlich kalt. Aber hier?“ Tonja fühlt sich wohl. „Das ist schon etwas ganz anderes als so ein zugiges Mobilhome.“
Langsam schreitet sie die Regale ab und mustert die Titel der imposanten Bibliothek. Keine Krimis, keine Liebesromane, keine zeitgenössische Literatur, soweit sie feststellen kann. Eine reine Fachbibliothek. Trocken. Und wahrscheinlich vielfach ungelesen. Angeberei, findet Tonja.
„Na ja, wenn ein Baumeister nicht gut wohnt, wer denn dann? Der muss doch eine Vorzeigehütte haben. Ein Musterhaus sozusagen“, versucht Ben, sich nicht in den Bann der ihn umgebenden Noblesse ziehen zu lassen.
„Das ist interessant. Ein richtiger Ausreißer in diesem langweiligen Sammelsurium! >Bauen für Frauen. Eine sozioarchitektonische Sichtweise auf die Planungsphase<.“ Tonja ist beeindruckt und blättert in einem reich bebilderten dicken Buch als Andrea Simon mit einem Tablett erscheint, das sie auf den verchromten Beistelltisch abstellt. Kaffee, Wasser, Milch, Zuckerwürfel in Herzform und einen Teller mit kleinen Keksvariationen.
Tonja und Ben wechseln erfreute Blicke.
„Das ist Walters nächstes Projekt! Alles soll umgebaut werden, weiblicher werden.“ Frau Simons Gesichtsausdruck verrät, dass sie sich darauf freut. Es ist Ben unangenehm, was er ihr nun wird offenbaren müssen. Obwohl es schon Jahrzehnte lang seine Pflicht ist, Angehörige vom Tod eines nahestehenden Menschen in Kenntnis zu setzen, fällt es ihm immer noch schwer. Er fragt nach Frau Zemmler und erfährt, dass der Baumeister geschieden war. Die aktuelle Lebensgefährtin,

Frau Sturm sei nicht zugegen. Gut. Er muss in seiner Information keine bestimmte Reihenfolge einhalten.
„Sie mochten Ihren Chef wohl sehr“, prescht Tonja vor. Frau Simon hält in ihrer Bewegung inne.
„Ja. Warum sagen Sie >mochten>? Ich kenne Walter schon von klein auf. Wir sind zusammen aufgewachsen. Daher kenne ich ihn und seine Marotten in- und auswendig. Er ist kein schlechter Mensch. Auch wenn das viele glauben. Er ist nur ...“.
Ben räuspert sich.
„Herr Zemmler ist tot. Frau Simon, setzen Sie sich doch. Herr Zemmler ist leider unter ungeklärten Umständen tot aufgefunden worden.“
Frau Simon sinkt in den breiten Ledersessel. Sprachlos. Mit weit aufgerissenen Augen schaut sie zu Ben. Dann wieder zu Tonja. Schüttelt den Kopf. Ungläubig. Sie öffnet den Mund um etwas zu sagen. Es kommen keine Worte hervor, nur unverständliches Gestammel. Schließlich rinnen Tränen über ihre Wangen.
„Wie? Was ist …? Wo ist er denn jetzt?“, kommen endlich ihre fassungslosen Fragen.
Tonja schenkt ihr ein Glas Wasser aus der edlen Karaffe ein. Sie nippt nur vorsichtig daran.
„War es ein Unfall?“, fragt sie noch.
„Wir wissen noch nichts Genaues“, erklärt der Kriminaler. „Aber ein Unfall war es eher nicht. Hatte Herr Zemmler Feinde?“
Frau Simon verschluckt sich fast und nickt heftig.
„Millionen!“
„Und die Familie? Frau? Kinder?“ will Tonja wissen.

„Jössas Maria. So etwas! Dass es mit dem Walter irgendwann schlimm enden wird, das war irgendwie immer klar. Aber man will es ja nicht wahrhaben. Man glaubt immer, dass schlimme Dinge irgendwann passieren. Aber nicht jetzt. Nicht im nächsten Augenblick. Irgendwann. Ja. Vielleicht. Beziehungsweise hofft man, dass man nur schwarzmalt. Dass nichts passieren wird. Man will doch nicht, dass ein Mensch, den man liebt, schätzt, täglich um sich hat, einfach plötzlich stirbt. Nicht mehr da ist. Mein Gott, was soll denn jetzt werden?"
Sie schlägt die Hände vors Gesicht und beginnt hemmungslos zu schluchzen. Tonja ruft den Notarzt.
„Im Gästebad habe ich Notfalltropfen", bittet die Hausdame Tonja, diese zu holen und den Notarzt abzubestellen.
„Es geht gleich wieder. Ich bin halt so nahe am Wasser gebaut. Aber wenn ich den ersten Schock überwunden habe, dann helfe ich Ihnen schon weiter. Einen Moment nur, bitte."
Benjamin ist beeindruckt, wie klar die Frau ist, wie sehr sie sich trotz allem unter Kontrolle hat.
Tonja kommt mit einem kleinen braunen Fläschchen aus dem Gästebadezimmer zurück und träufelt die Bachblüten-Notfalltropfen in das Wasserglas. Frau Simon nimmt ihr aber sogleich das Fläschchen ab und gibt die Tropfen auf einen Kaffeelöffel und nimmt sie pur in den Mund. Sie atmet tief durch, nestelt ein Papiertaschentuch aus ihrer Hosentasche, wischt ihre Tränen ab.
„So. Sie wollen alles über Walter wissen? Dann sind Sie bei mir an der richtigen Adresse. Und wenn ich zur Aufklärung beitragen kann, dann mache ich das gerne. Obwohl ich hoffe, dass Walter …", wieder wird sie von ihrem eigenen Schluchzen unterbrochen.

„Sie wünschen sich, dass es doch nur ein Unfall war, stimmt´s?“, ergänzt Tonja und Frau Simon nickt.

„Ich weiß schon: tot ist tot. Und dem Toten ist es im tot Sein wahrscheinlich egal, wie es dazu kam. Aber der Gedanke, dass er davor Angst hatte, Schmerzen … Fürchterlich“, ergänzt die Perle.

„Ja. Ein Verbrechen im näheren persönlichen Umfeld ist traumatisierend. Trotzdem müssen wir davon ausgehen, dass es sich in diesem Fall um eines handelt. Herr Zemmler war auf der Burgruine Leonstain. Haben Sie eine Ahnung, was er da wollte?“, beginnt Ben Groß nun doch langsam die Geduld zu verlieren, wenn nicht bald etwas weiterginge.

Mit großen, tränenglänzenden Augen schaut Frau Simon auf. Nein, da weiß sie nichts. Was sollte der Walter denn da wollen? Eigentlich ist, nein, war er kein Spaziergänger. Seltsam. Sie kann sich auch nicht vorstellen, dass er die Aussicht über den Wörthersee von der Gloriette aus bewundern hätte wollen. So einer war der Baumeister nicht. Er hatte so gar keinen Sinn für Romantik oder Naturschauspiel. Das hat wohl letzten Endes auch seine langjährige Lebensgefährtin, Freya Sturm aus dem Haus getrieben. Und auch die Elisabeth. Zemmlers Exfrau.

„Freya Sturm? Die Kollegin von der Verkehrspolizei?“ Ben ist überrascht.

„Die beiden waren ja schon seit Jahren ein Paar. Zuerst heimlich und seit der Scheidung von Elisabeth ganz offiziell“, nickt Frau Simon. „Die Elisabeth war ja eigentlich von vornherein die falsche Wahl, wenn Sie mich fragen. Eine >von und zu< wie sie im Buche steht, obwohl es Adelstitel bei uns ja schon lange nicht mehr gibt. Glaubte etwas Besseres zu sein. Und dem Walter hat es imponiert. Natürlich hat er durch die

Elisabeth gute Kontakte bekommen und auch so manchen Auftrag. Aber sie? Sie hat ihn eigentlich immer nur von oben herab behandelt."

„Es gibt ja Männer, die das brauchen", wagt Tonja einen Vorstoß und erntet einen tadelnden Blick von Ben.

„Das ist wohl wahr. Dem Walter hat es wohl gepasst. Sonst wären sie ja nicht so lange ein Paar gewesen. Niemand sonst hätte in dem Ton mit ihm reden dürfen. Nicht einmal ich", bestätigt die Hausdame und Tonja schickt einen triumphfierenden Blick zu Ben, der anerkennend nickt. „Als es zur Scheidung kam waren ja alle sehr überrascht. Es wurde gemunkelt, dass Elisabeth nun auch eine außereheliche Bestätigung gefunden habe – so wie Walter das augenscheinlich ständig suchte und auch fand. Aber im Ernst: ich glaube, er hat die Elisabeth nie wirklich betrogen. Sie war immer die Nummer eins."

„Außer mit Frau Sturm", wirft Tonja ein.

„Genau. Freya hat mir gegenüber einmal erwähnt, dass Walter und Elisabeth nur ein matrimonielles Agreement hatten und angeblich nie miteinander geschlafen haben sollen", plaudert Frau Simon weiter aus ihrem Nähkästchen. „Aber das stimmt nicht."

„Aha", entfährt es dem Kriminalgruppeninspektor.

„Allerdings hatten sie von Anfang an getrennte Schlafzimmer."

„Was nichts heißen muss", wirft Tonja ein. „Im Gegenteil. Das kann das Interesse sogar noch steigern, wenn man nicht immer so bequem verfügbar ist."

„Da kennt sich aber jemand aus", kann sich Ben nicht verkneifen zu sagen und wird gleich böse von seiner Partnerin angeblitzt.

„Jedenfalls hat es Elisabeth schon gefallen, als Frau des allseits geschätzten Baumeisters das Geld mit vollen Händen auszugeben. Würden die beiden heute heiraten, behielte sie sicher ihren ledigen Namen. Eine Zemmler zu sein, das war ihr eigentlich unangenehm. Ein Doppelname war damals, als die beiden geheiratet haben noch kein Thema. Das ging sogar so weit, dass sie sich selbst von wildfremden Menschen und von Geschäftspartnern ihres Gatten lieber mit dem Vornamen ansprechen ließ, als mit >Frau Zemmler<. Ich glaube ja nicht wirklich an einen Neuen in Elisabeths Leben. Sie hatte nur einfach genug davon, die betrogene Ehefrau zu sein. Das wird mit zunehmendem Alter ja auch nicht einfacher. Die Leute glauben, man kriegt es nicht mit, wenn hinter vorgehaltener Hand über einen getuschelt wird. Mir hat sie leidgetan. Irgendwie. Andererseits war sie auch selber schuld. Man behandelt seinen Mann nicht wie einen lästigen Hund."

Frau Simon hat sich wieder vollständig in der Hand. Bewundernswert. Auch, was sie alles weiß.

„Seit wann sind denn Sie im Haus angestellt?", will Tonja wissen und erfährt, dass sie damals mit dem Brautpaar gleich nach dessen Hochzeitsreise an die Amalfiküste eingezogen ist.

„Was ist eigentlich mit der Freya Sturm? Sie haben gesagt, dass sie den Herrn Zemmler verlassen hat. Wieso? Wissen Sie da auch etwas Genaueres?", tut der Kriminaler seinen Dienst.

„Die Freya. Das ist ein ganz eigenes Kapitel", seufzt die Hausdame.

„Ja?"

„Freya und Walter, die beiden hatten vor zwanzig Jahren eine kurze aber heiße Affäre aus der die gemeinsame Tochter, Sophie hervorging. Eigentlich passten die beiden so gar nicht zueinander. Aber vor fünf Jahren, gleich nach der Scheidung von

Elisabeth, zog Freya ein. Tja. Und was soll ich sagen. Es ging heiß her. Sie liebten und sie stritten sich – beides so heftig, dass die Funken flogen. Das arme Kind! Sie hat immer alles mitbekommen. Ein Wunder eigentlich, dass sie nicht gleich wieder ausgezogen ist. Alt genug ist sie ja mittlerweile. Aber wahrscheinlich überwiegen die Vorteile noch."
„Ach ja? Worüber wurde denn gestritten?", hakt Ben Groß nach.
„Über alles und nichts, ehrlich gesagt."
„Könnte die Frau Sturm ein Motiv haben, den Herrn Zemmler…", Tonja macht eine einschlägige Geste für „Umbringen". Entgeistert schaut sie die Hausdame an, sodass eine bedeutungsschwangere Gesprächspause entsteht.
„Also ja?", will es nun auch Groß genau wissen. Aber Frau Simon schüttelt nur den Kopf, wechselt dann aber ins Nicken. „Er hat ihr vorgeworfen, dass sie ihn betrügen würde. Und dann hat er ihr gedroht, dass er ihre blöde Theatergruppe – das hat er genauso gesagt – dass er ihre blöde Theatergruppe auf die Straße setzen wird."
Frau Simon nickt nachdenklich und betrübt weiter mit ihrem Kopf. „Sie hat dann ihre Sachen gepackt und ist türenknallend gegangen. Seither habe ich sie nicht mehr gesehen. Das ist jetzt sicher vier, fünf Tage her."
Die Delogierung des eigenen Vereins ist nicht wirklich ein Mordmotiv, denkt Ben. Doch andererseits werden die Menschen wegen immer geringerer Gründe handgreiflich und brutal, weiß er.
„Hm … weitere Feinde? Fällt Ihnen sonst noch jemand ein, der etwas gegen Herrn Zemmler hatte?", versucht Tonja das Gespräch weiterzuentwickeln und trifft damit ins Schwarze.

„Ich sagte ja schon, Millionen von Feinden hatte er. Offenbar war er kein sehr verlässlicher oder sagen wir fairer Geschäftspartner. Sophies Freund, Theo weiß zum Beispiel das Lied seiner Familie beziehungsweise seines Elternhauses zu singen. Darüber hab selbst ich mich geärgert. Oder die Hofers. Heidi Hofer ist ja Walters Ex-Schwägerin und Peter war lange sein bester Freund. Die hat er auch nicht gerade zimperlich behandelt. Na ja, aber das ist ja auch schon länger her. Ich glaube nicht, dass diese Leute etwas mit Walters Tod zu tun haben."

Erschrocken schaut Andrea Simon von Tonja zu Ben. „Oh, mein Gott! Habe ich das jetzt wirklich alles ausgeplaudert? Um Himmels Willen. Ich habe nichts gesagt! Ich will wirklich niemanden in Teufels Küche bringen. Ich beschuldige da einfach drauflos. Das müssen diese Tropfen sein. Tun Sie bitte so, als hätte ich nichts gesagt. Bitte!", fleht die Haushälterin förmlich.

Aber Ben beruhigt sie. Sie hätte nur ihre Bürgerinnenpflicht wahrgenommen. Und wer den Herrn Zemmler nichts getan habe, der hätte ja schließlich nichts zu befürchten.

„Aber befragen müssen wir diese Menschen schon", bekräftigt Tonja. „Vielleicht haben ja gerade diese Leute wichtige Hinweise, die zur Aufklärung des Todesfalls führen."

Sie nimmt den letzten Schluck Kaffee aus der goldumrandeten Porzellantasse und steht auf, gefolgt von Ben.

„Ach ja", dreht sich Tonja noch einmal zur Haushälterin um. „Wer ist denn hier für die Gartengestaltung verantwortlich? Für diese wunderschöne Nelkenrabatte?"

Frau Simon errötet und zeigt auf sich.

„Diese Blumen bedeuten >ewige Treue<. Wissen Sie das? Natürlich wissen Sie das, nicht wahr?"

Frau Simon macht eine vage Geste mit der Hand und Tonja nutzt die Gunst der Minute, um der Frau noch genauer auf den Zahn, beziehungsweise das Herz zu fühlen.
„Sie gehören auch zur weiblichen Zemmler-Sammlung, stimmt´s?"
„Ach. Das ist ewig her!"
„Ja, ja. Und Sie sind ewig treu. Hat er es gewusst? Dass Sie ihn immer noch lieben?"
Dafür hätte Walter Zemmler keinen Sinn gehabt. Zu beschäftigt. Zu sehr abgelenkt von weitaus jüngeren und viel, viel schöneren Frauen, winkt die gute Seele ab.

Zufrieden verabschieden sich die beiden Ermittler.

7

„Andrea! Machst du mir bitte ein spätes Frühstück?“, tönt es lautstark von der Balustrade im ersten Stock.
„Gleich, meine Süße!“, ruft Frau Simon hinauf und erklärt zu Benjamin hin, dass das die Tochter des Hauses ist. „Die Arme! Sie hat sich so gut mit ihrem Vater verstanden. Besser als mit der Mutter. Könnten nicht Sie ihr die traurige Nachricht schonend übermitteln?“
Leichtfüßig kommt Sophie Sturm ins Foyer herunter und streckt dem Kriminalbeamten die Hand hin.
„Kriminalgruppeninspektor Ben Groß. Frau ähm…?“
„Sophie Sturm. Ist etwas passiert?“
Tonja nickt ihr begrüßend zu und schaut zu Boden. Sie beneidet Ben gerade überhaupt nicht um seine schwierige Aufgabe. Er atmet unmerklich durch bevor er Sophie bittet, sich doch mit ihm in die Leselounge zu setzen.
„Ich mach dann einmal dein Frühstück, Sophie-Schätzchen“, und schon wieselt Frau Simon davon.
„Was hat sie denn? So überfreundlich ist sie doch sonst nicht! Ist etwas mit meiner Mutter?“ Sophie ist alarmiert. Tonja schüttelt den Kopf.
„Nun rücken Sie schon raus mit der Sprache. So schwer kann das doch nicht sein!“, ungeduldig springt sie auf.
„Ihr Vater“, hebt Ben vorsichtig an. „Wir haben Ihren Vater leider tot aufgefunden. Es sieht so aus, als ob er einem Verbrechen zum Opfer gefallen ist.“
Nun setzt sich die junge Frau doch wieder hin und starrt den Ermittler ungläubig an.

„Wie bitte? Wer bringt denn meinen Vater um? Warum hat er sich denn nicht gewehrt? Er kann doch nicht einfach … tot sein.“
Tonja setzt sich neben Sophie, die sich bereitwillig in den Arm nehmen lässt. Benjamin holt ein Taschentuch aus deiner Sakkotasche und hält es ihr hin.
„Ich glaub das nicht. Kann ich ihn sehen?“ Sophie fasst sich.
Tonja sieht Bens Kopfschütteln und erklärt Sophie, dass das keine gute Idee ist, denn ihr Vater sei aus großer Höhe gestürzt und habe schwere Verletzungen davongetragen. Besser, sie behält ihn als vitalen Mann in Erinnerung.
„Das letzte Bild, das man von einem Menschen hat, das bleibt. Behalten Sie ein schönes Bild von ihm in Erinnerung“, versucht auch Ben zu trösten.
„So schlimm ist es?“
Ben nickt nur und will wissen, wann er ihr ein paar Fragen zu ihrem Vater stellen könne. Sie bittet die beiden in ihre Wohnung in den Osttrakt. Wobei der Ausdruck Wohnung nicht den richtigen Eindruck vermittelt. Große helle Räume, in hellen Farben eingerichtet, modern, luftig und sichtlich teuer.
„Papa hatte wohl ein schlechtes Gewissen, dass er all die Jahre Mama und mich in einer kleinen Dreizimmerwohnung untergebracht hatte. Aber seit wir hier wohnen, ist alles besser.“
„Ihre Mutter ist ausgezogen. Sie bleiben?“
„Ja. Schließlich bin ich mittlerweile erwachsen, selbstständig, habe meinen Job als Elementarpädagogin und mein eigenes Geld. Diese Wohnung hier werde ich nie, wirklich niemals aufgeben. Hier bin ich zuhause.“
„Werden Sie hier alles erben?“
Sophie erstarrt, entspannt sich aber schnell wieder.
„Vielleicht. Keine Ahnung.“

„Waren Ihre Mutter und Ihr Vater eigentlich verheiratet?", will Tonja wissen und Sophie nickt.
„Aber Mam hat ihren Namen behalten. Zur Sicherheit, wie sie meinte. Falls es doch schiefgeht."
„Und es ist leider schiefgegangen, wie es aussieht."
„So viel, wie die beiden schon gewohnheitsmäßig gestritten haben, hätten sie sich sicher auch wieder zusammengerauft", gibt sich Sophie optimistisch, bis ihr einfällt, dass das ja nicht mehr geht. „Arme Mam. Ich glaube, sie hat ihn wirklich geliebt. Auch wenn sie ihn manchmal furchtbare Dinge an den Kopf geworfen hat. Sie durfte das. Ihr gegenüber hat er oft sogar zugegeben, dass er wieder einmal einen Deal gelandet hat, der nicht ganz koscher gewesen war."
„Zum Beispiel?" Bens Ermittlerinstinkt ist sofort erwacht. Sophie ignoriert diese Zwischenfrage und ist ganz in ihre Erinnerungen verstrickt.
„Ich glaube, sie hat ihn wirklich geliebt. Trotz seiner vielen Macken. Oder vielleicht auch gerade deshalb. Langweilig war es jedenfalls mit ihm nie. Außerdem hat Mam es in vollen Zügen genossen, endlich nicht mehr jeden Cent umdrehen zu müssen. Wenn ihr danach war, dann bummelten wir einfach drauflos. Meistens landeten wir dann in irgendeinem Designermöbelladen. Der Paps hat sich darüber lustig gemacht, wenn sie wieder einen Raum völlig neugestaltet hat. Einfach so aus einer Laune heraus. Aber im Grunde hat er es auch schön gefunden, dass sie sich immer wieder etwas Neues hat einfallen lassen. Einmal hat er gelacht und gesagt, dass das allein schon ein Grund ist, nicht betrunken nach Hause zu kommen. Denn so wie da immer alles umgestellt wird, wäre es direkt gefährlich einen Raum zu betreten, ohne seine fünf Sinne beisammen zu haben. Da könnte man ganz leicht über Stühle,

Vasen oder sonstigen Schnickschnack stolpern und sich das Genick brechen."
Ernst hören ihr die beiden Ermittler zu und zucken beim Ausdruck „Genick brechen" ein wenig zusammen, was Sophie sofort merkt. Sie schlägt sich die Hand vor den Mund.
„Entschuldigung. Ich hab das nur so dahingesagt, aus der Erinnerung eben."
Tonja lächelt wissend.
„Ganz sicher hätten die beiden sich wieder versöhnt. Die Mam hat sich nur so über ihn geärgert, weil er kein besonders aufmerksamer Mann war. Geschenke wie Blumen, Schmuck oder so etwas hat er ihr angeblich schon lange nicht mehr geschenkt und da hat sie so getan, als ob es einen neuen Lover gäbe. Aber ich glaube nicht, dass das stimmt. Das macht sie nicht."
Die junge Frau tut den beiden Ermittlern leid. Aber sie waren nicht zum Trösten hier, sondern um den mysteriösen Mord an ihrem Vater aufzuklären.
„Wissen Sie von konkreten Geschäftspartnern, die sauer auf Ihren Vater waren?"
„Ach. Das waren ganz schön viele, glaube ich. Aber am Ende hat ihn trotzdem kaum einer seiner Geschäftspartner angezeigt. Er hat sie einfach immer mit neuen Projekten geködert. Aber viel mehr weiß ich eigentlich darüber auch nicht."
Auf die Affäre mit den Eltern ihres Freundes reagiert Sophie zurückhaltend. Sie will ihren Vater nicht anschwärzen. Schon gar nicht jetzt, da er sich doch gar nicht mehr verteidigen kann.
„Es fühlt sich richtig gruselig an, wenn der Vater unter solchen Umständen stirbt. Ich habe ihn ja eigentlich erst in den vergangenen fünf Jahren so richtig kennengelernt. Davor war

er nur der Weihnachts-, Ostern- und Geburtstagsbesuchsvater. Große Geschenke, keine Emotionen. Praktisch aber auch ziemlich traurig. Ich hab ihn gut leiden können. Er war großzügig, lustig. Und: Er konnte mega gut tanzen. Besser als der Theo! Der hat leider zwei linke Füße, wie man so treffend sagt und überhaupt kein Gefühl für Rhythmus. Wenn der sich zur Musik bewegt – egal zu welcher – dann schaut das aus, als wenn ein Regenwurm Bauchweh hat. Echt." Sie muss über ihren eigenen Vergleich lachen, stoppt es aber abrupt.
„Ich glaube nicht, dass Ihr Vater etwas dagegen hätte, wenn Sie das Lachen nicht verlernen", versucht Tonja die junge Frau aufzuheitern.
„Was ist denn da so lustig?", ein junger Mann mit wilder Lockenmähne steht plötzlich im Raum und Tonja hat sofort die Assoziation zum Bauchweh habenden Regenwurm.
„Oh. Das ist Theo Schatz. Mein Freund", stellt sie ihn vor.
„Wir haben gerade über deine Tanzkünste geredet", klärt Sophie auf, worauf Theo sichtlich verlegen von einem Fuß auf den anderen tritt.
„Sind Sie der Tanzlehrer? Wegen der Hochzeit", fragt er hoffnungsvoll. „Wir haben ja nur mehr zwei Wochen, nicht, Sophie?"
„Kriminalgruppeninspektor Ben Groß", stell sich der Ermittler vor.
„Tonja Stein. Die Assistentin", ergänzt seine Partnerin. Theo schaut verwirrt von einem zum anderen und wird von Ben aufgeklärt. Er ist auffallend mäßig erschüttert und Sophie stürzt sich wieder weinend in seine Arme.
„Ich würde lügen, wenn ich sage, dass es mir um den Alten Leid ist. Für Sophie ist es natürlich sehr traurig. Aber ich – und Sophie, du weißt wie ich das meine – weine dem Hund

keine Träne nach. Jeder bekommt was er verdient. Und wenn Sie den Täter, oder die Täterin haben, lassen Sie es mich wissen wer es war. Da steht dann eine Belohnung an."
„Theo!" Sophie will diese bösen Worte nicht hören.
„Schatz. Du weißt wie ich zu deinem Vater stand. Daran hat sein Tod nichts geändert."
„Vielleicht ist es besser, wenn Sie uns auf dem Kommissariat besuchen, Herr Schatz", lädt Ben den jungen Mann für den Nachmittag in sein Büro ein.

8

Beschwingt betritt Tonja pünktlich um 14 Uhr Benjamins Büro, um mit ihm gemeinsam das Gespräch mit Theo Schatz zu führen. Sie stellt zwei duftende Coffee-to-go Thermobecher auf den Besprechungstisch.
„Der Herr Schatz muss sich mit Automatenkaffee begnügen", zeigt Tonja gleich, was sie von dem Herrn hält.
„Ein etwas ruppiger Zeitgenosse. Wenig Einfühlungsvermögen, wenn du mich fragst."
„Ich habe nichts gesagt. Aber wahrscheinlich hast du Recht, liebe Schwägerin", stimmt Ben ihr zu und ruft auch gleich laut „Herein!"
Theo Schatz hatte geklopft und kommt nun etwas zögerlich in den Raum, nimmt aber den Platz, den Ben ihm vor dem Schreibtisch anbietet gleich an. Tonja bleibt mit ihrem Blick an seinen schmutzigen Händen hängen. Entschuldigend erklärt er, dass er bis vor fünfzehn Minuten an seinem neuesten Projekt herumgeschraubt habe. Er ist Mechaniker aus Leidenschaft. Eigentlich hat er Maschinenbau studiert. Aber es fasziniert ihn, Teile nach seinen Plänen zusammenzubauen und zu sehen, wie sein Werk unter seinen Händen Formen annimmt. Das wiederum stimmt Tonja gnädig. Ein Mann, der sich nicht scheut seine Hände schmutzig zu machen, obwohl er einen akademischen Abschluss in der Tasche hat, der bekommt auf jeden Fall Bonuspunkte.
„Herr Schatz, danke, dass Sie gekommen sind. Hier unter uns können wir nun ganz offen sprechen. Sie hatten kein gutes Verhältnis zu Ihrem Schwiegervater? Habe ich das richtig kombiniert?"
„Das kann man durchaus so sagen, ja."

Tonja fragt kurz dazwischen, ob es für ihn in Ordnung sei, wenn sie seine Aussage mit dem Mobiltelefon aufnimmt. Er nickt – kurz irritiert.

„Man tippt wohl keine Protokolle mehr“, gibt er vor zu verstehen.

„Doch, doch“, erklärt Ben. „Aber praktischer ist es, wenn man einfach nachhören kann. Das Handy hat man schließlich immer dabei, nicht?“

„Worin lag also Ihr Problem mit Herrn Zemmler?“

„Jeder, der nur halbwegs bei Verstand ist, hat - hatte >Probleme< mit ihm. Er war rücksichtslos, hart und sehr, sehr geschäftstüchtig.“

„Das sind ja wohl viele Geschäftsleute. Und trotzdem liegen sie nicht tot unter der Burgruine oder an anderen Orten“, versucht Tonja das Gespräch möglichst schnell in die richtige Bahn zu lenken.

„Tja. Das stimmt. Konkret hat der Zemmler mich und meine Familie um fast alles gebracht, was es aus einem großen Familienvermögen noch gab. Aber wahrscheinlich sollten Sie dazu eher meine Eltern befragen. Die hat es am härtesten getroffen. Ich bin ja schon lange von zuhause ausgezogen. Und auf ein Erbe hat man ja nicht wirklich einen Anspruch.“

„Also hat er genau genommen Ihre Eltern um ihr Vermögen gebracht?“ fasst Benjamin zusammen.

„Exakt. Ich vertraue auf mein eigenes Tun. Ich werde schon nicht verhungern. Und Sophie auch nicht.“

„Sophie Sturm ist jetzt wohl einige Millionen schwerer. Ob sie Sie dann noch heiraten wird wollen?“, zündelt Tonja an Theo Ehre herum. Der winkt ab. Das Geld interessiert ihn nicht sonderlich. So Einer ist er nicht. Alles was man über das hinaus hat, was man zur Bewältigung des Alltags und seines Tuns braucht ist völlig überflüssig. Nein, im Gegenteil: Es bereitet einem nur Sorgen.

„Ich brauch den ganz Luxuskrempel nicht." Er zupft an seinem alten T-Shirt, seiner augenscheinlich regelmäßig getragenen Jeans. Tonja nickt. Nicht schlecht. Der junge Mann klopft große Sprüche – aber sie glaubt ihm.

„Und Sophie? Liebt sie auch das einfache Leben?", stichelt nun auch Ben, um den Mann vor sich zu prüfen.

„Ja, die Sophie kann gar nicht genug bekommen von dem ganzen Plunder. Aber tief in ihrem Inneren ist auch sie ein einfaches Mädchen, die weiß, was wirklich zählt", schwärmt Theo von seiner Freundin und ist überzeugt, dass sie das ideale Paar sind. Er erdet sie und sie gibt ihm manchmal Flügel zum Träumen. Die braucht er doch hin und wieder, um sein Projekt der eigenen Automarke weiterzubringen.

„Das klingt dann aber doch auch ein bisschen nach Luxus! Oder soll es ein neuer Volkswagen werden?", hakt Ben nach. Theo macht ein furchtbar verlegenes Gesicht.

„Erwischt. Nein, es ist schon ein ganz feines Gefährt, was da entstehen soll", erklärt er, dass er aus Porsche- und Nissaneinzelteilen ein ganz neues Auto kreieren will.

„Es hilft dabei doch sicherlich, Geld in der Hinterhand zu haben, oder? Die Teile müssen doch ziemlich teuer sein!", überlegt Tonja laut und der junge Mann gibt ihr Recht.

„Wie stand Herr Zemmler eigentlich zu Ihren Heiratsplänen?", will der Ermittler nun wieder zu seinem Mordopfer zurück.

„Begeistert war er nicht. Er wollte lieber jemanden, der später in die Baufirma einsteigt. Am liebsten einen Architekten."

„Das hat Sie doch sicherlich gekränkt?", bohrt Ben weiter.

„Ach was. Das war uns doch völlig egal. Was hätte er auch machen sollen? Und ganz ehrlich: Die Villa ist so riesig. Ich hab ihn kaum gesehen. Man kann sich da wirklich sehr gut aus dem Weg gehen."

Gut, muss Benjamin sich eingestehen, der Theo Schatz klingt vertrauenswürdig. Sein Bauchgefühl sagt ihm, dass er den Zemmler nicht auf dem Gewissen hat. Ein fragender Blick zu Tonja und sie nickt unmerklich. Sie sind sich einig.

„Wen könnten Sie sich denn vorstellen, dass er Ihren Schwiegervater Böses wollte?"

„Sie wollen jetzt nicht im Ernst von mir, dass ich meine Familie beschuldige?", empört sich Theo, fährt aber gleich darauf fort. „Wie wäre es mit der Freya? Die ist doch samt ihrer Trachtengruppe aus dem Probenlokal geflogen! Und ich schwöre es, ich habe die beiden streiten gehört. Alle Achtung! Da sind nicht nur die Fetzen sondern durchaus auch Ohrfeigen geflogen."

Das ist interessant. So drastisch hat sich Frau Simon nicht geäußert. Aber ein ehelicher Streit, in dem beide Seiten ihrem Frust freien Lauf lassen und nach dem sich alles wieder in eitel Wonne einrenkt, das gibt es vielerorts. Nein. Der Rauswurf einer Trachtengruppe aus dem Probenlokal ist wohl kein Mordmotiv.

„Entschuldigen Sie. Sie haben da etwas missverstanden. Beziehungsweise habe ich mich missverständlich ausgedrückt", unterbricht Theo, „mit Trachtengruppe ist die Theatergruppe gemeint, deren Obfrau Freya ist. Sie nimmt die Theaterarbeit sehr ernst. Und deshalb ist ihr der Rauswurf schon sehr an die Nieren gegangen. Sie ist ja sogar ausgezogen."

Das wiederum klingt schon eher nach Motiv. Aber hatte nicht die Tochter gemeint, dass sich ihre Eltern wieder versöhnen würden, dass die beiden öfter Streit hatten? Und außerdem ganz andere Gründe für den Auszug genannt?

„Sonst noch eventuelle Verdächtige aus Ihrer Sicht, Herr Schatz?"

„Tja. Also wenn ich die Frau vom Josef Berger wäre... Ach so, nein. Die müsste ja dann eher die Freya umbringen."

„Frau Sturm und Josef Berger haben ein Verhältnis?" kombiniert Tonja messerscharf und erntet Theos Nicken.

„Aber ich habe nichts gesagt. Das ist nur eine Vermutung. Aber soviel wie die beiden zusammen abhängen..."

„Aber zurück zu Herrn Zemmler..."

„Die Hofers fallen mir noch ein. Die hat er auch ganz schön über den Tisch gezogen. Und die sind sogar irgendwie miteinander verwandt. Die Frau vom Hofer ist die Schwester vom Zemmler seiner Exfrau, der Elisabeth. Und die Elisabeth, der soll er das Leben nach der Scheidung angeblich auch so richtig schwer gemacht haben. Davor wahrscheinlich auch schon. Sonst wären sie ja nicht geschieden. Aber Genaues weiß ich da nicht. Es wird derart viel getratscht, dass man gar nicht mehr weiß, was stimmt und wo man von wem was gehört hat."

„Das sind ja immerhin ein paar Ansatzpunkte, Herr Schatz. Sie haben uns wirklich sehr geholfen. Rufen Sie mich bitte an, falls Ihnen noch etwas Erwähnenswertes einfällt", Ben übergibt Theo eine Visitenkarte. Der erhebt sich, sichtlich froh hier fertig zu sein und verabschiedet sich höflich. An der Tür dreht er sich noch einmal um.

„Vorige Woche hat die Sophie noch etwas von einem Fitnessstudio erzählt. Sie geht da einmal die Woche hin. Das Studio ist in einem von Zemmlers Häusern eingemietet. Der

Betreiber hat sich fürchterlich über eine Mieterhöhung beschwert und gemeint, der Vermieter wolle ihn hinausekeln."
„Wie heißt das Studio?", Tonja hält schon ihren Stift zum Mitnotieren in der Hand.
„Sommer wie Winter. Ein blöder Name, aber man merkt ihn sich leicht. Weil man ja zu jeder Jahreszeit trainieren soll. Sagen die Experten, nicht? Salut!" Mit diesen Worten schließt er die Tür hinter sich.

„Na bravo! Ein Auskunftsbüro ist ein Pfiff im Wald gegen den Herrn Schatz."
„Genau. Der Herr Schatz ist ein Schatz", pflichtet Tonja Ben bei.
„Na, na, na! Der Gute ist bereits vergeben!", Ben droht ihr scherzhaft mit dem Zeigefinder und Tonja streckt ihm die Zunge raus.
„So junges Gemüse ist sowieso nix für mich. Ich mag es mittlerweile lieber gut abgelegen und schon etwas geschmeidiger", erwidert sie forsch.
„Dann habe ich mich also nicht getäuscht. Du hast was am Laufen mit diesem Typ von der KTU. Stimmt´s?"
Tonja zieht die Schultern hoch und hüllt sich grinsend in Schweigen.
„Über laufende Verfahren muss geschwiegen werden. Deine Rede!" Das hat sie jetzt eigentlich überhaupt nicht sagen wollen. Was war nur in sie gefahren. Das läuft doch noch überhaupt nichts. Und schon gar kein Verfahren. Zu spät.
„Und ich hatte den Mario schon fast soweit, dass er…"
„Was? Wie weit hattest du ihn? Sag! Was gibt es Neues?" Tonja ist wie ausgewechselt. „Du sagst ihm doch nichts wegen dem Johannes?"

„Scherz. Tonja! Es war nur ein Scherz. Gar nichts habe ich mit dem Mario besprochen. Ich hatte nur gehofft, dass du endlich über meinen Bruder hinweg bist und wieder nach vorne schaust."
Enttäuscht lässt Tonja die Schultern hängen.
„Du bist auch so ein Fall für weiße Nelken und ewige Treue, was? Obwohl du versuchst, einen ganz anderen Eindruck zu machen. Vergiss den Mario. Der spielt nur mehr mit dir!"
Brüderlich zieht Ben seine Schwägerin an seine breite Brust. Er würde ihr so gerne helfen, den Liebeskummer zu überwinden. Aber die Hoffnung stirbt zuletzt. Vielleicht ist dieser Johannes ja ein ganzer Kerl und würde es schaffen, Tonja den nachtragenden Ehemann vergessen zu lassen, sodass sie liebestechnisch endlich neu anfangen könnte. Wie kann ein Mann wie Mario sich so verbohrt verhalten und seiner Frau monatelang einen blöden Scherz in betrunkenem Zustand vorhalten. Sie plappert bei Bens Geburtstagsfeier aus, dass Mario sich beim Liebesakt gerne verkleidet und das hat den Herrn Schuldirektor derart in seiner aufrechtzuerhaltenden Ehre gekränkt, dass er Tonja nun schon seit Monaten auf Abstand hält. Also er würde das bei seiner Sabine keinen einzigen Tag machen können.

Ben schaut auf die Uhr.
„Wir hätten gerade noch Zeit, beim Ehepaar Schatz vorbeizuschauen. Dann hätten wir den Teil der Familie einmal abgehakt. Was meinst du?"
„Von mir aus. Rufst du vorher da an?"

9

„Ich mag die Tarviserstraße mit ihren alten Villen so gerne!" Tonja weiß genau wo sie fahren muss, um genau zur Nummer 177 zu kommen. Da steht eine alte Villa, groß aber in augenscheinlich ziemlich desolatem Zustand. Ein Teil der alten Fenster wurde ausgetauscht. Das Haus macht den Eindruck, dass hier mitten im Renovieren das Geld ausgegangen ist.

„Das muss einmal ein prächtiger Kasten gewesen sein!" Benjamin schürzt anerkennend die Lippen.

„Es war einmal. Und es war einmal schön. Würde Andre Heller dazu texten. Schade um das schöne Haus", bedauert auch Tonja. „Das in Schuss zu halten kostet eine Stange Schotter." Ben macht sich über ihre Ausdrucksweise lustig und läutet an der alten Messingglocke. Eine Frau mittleren Alters kommt zur Tür und wischt sich ihre Hände an einer hübschen Küchenschürze ab.

„Ah. Sie sind wohl die Herrschaften von der Polizei", kombiniert sie gleich richtig und bittet ihre Gäste ins Haus.

„Ich bin gerade dabei wieder eine Ladung Käsnudel zu krendeln. Wenn Sie wollen, mach ich Ihnen schnell ein paar", verspricht sie.

„Danke, nein. Es ist schon sehr nett von Ihnen, dass Sie sich so spontan Zeit für uns nehmen", lehnt Ben das verlockende Angebot ab. Aber das fiele wohl schon in die verbotene Vorteilsnahme für Beamte. Tonja ist enttäuscht. Sie hätte sich gerne wieder einmal den Bauch mit frisch zubereiteter Hausmannskost vollgeschlagen.

„Ich verkaufe die Nudeln an die Gasthäuser in der Umgebung. So verdien ich etwas dazu. Mir macht die Küchenarbeit nichts aus und die Leute haben die Käsnudel ja so gern. Jeden

Freitag liefere ich 200 Stück aus. Danach habe ich solche Kreuzschmerzen, dass ich jedes Mal sage, das war das letzte Mal. Und dann mach ich halt doch weiter. Bald hab ich das Geld für die restlichen neuen Fenster beisammen."
„Nur mit Käsnudelmachen verdient?", staunt Tonja.
Die Frau nickt und bittet sie Platz zu nehmen. Sie stellt beiden ein Glas Wasser auf den Couchtisch und setzt sich zu ihnen.
„Worum geht es denn? Sie haben angedeutet, dass Sie über den Herrn Zemmler reden möchten."
„Ist vielleicht auch Ihr Mann da?", nickt Ben.
„Da ist er schon. Aber er liegt oben. Er ist krank. Er hatte einen Herzinfarkt und erholt sich nur ganz langsam. Das, zum Beispiel, haben wir auch dem Zemmler zu verdanken." Sie presst die Lippen hart aufeinander.
„Wir haben schon von Ihrem Sohn gehört, dass er Ihnen übel mitgespielt haben soll", betont Tonja.
„Übel mitgespielt? Das ist milde ausgedrückt. Aber wenn Ihnen Theo ohnehin schon alles erzählt hat, was möchten Sie dann von mir noch wissen?" Sie klingt müde und resigniert. „Verliebt sich der Bub ausgerechnet in die Tochter vom Zemmler. So hat alles überhaupt erst angefangen!"
„Ihr Sohn hat uns an Sie verwiesen. Er hat eigentlich nur angedeutet, dass Herr Zemmler ihn quasi um sein Elternhaus bringen wollte."
Frau Schatz nickt betrübt. Aber die Angst um das Haus, die hätte man schon lange vor Zemmlers Auftauchen gehabt. Es sei eben sehr teuer, so ein altes Haus zu erhalten. Früher war die Familie Schatz sehr vermögend. Eine alte Kaufmannsfamilie. Aber der Abstieg begann schon während des Zweiten Weltkrieges. Die Familie hatte jüdische Wurzeln und da braucht man ja gar nicht viel zu erzählen. Das wisse ja ohnehin

jeder, dass es diesen Familien damals ganz schlecht ergangen ist. Über entfernte Verwandte konnten die Villa und der große Park rundherum in der Familie gehalten werden. Aber das ganze Barvermögen war natürlich weg. Auch sonstige Wertgegenstände, die man später zu Geld hätte machen können waren verschwunden. So war das damals eben. Als sie den Franz Schatz 1979 geheiratet hat, war die Villa schon in einem sehr veralteten Zustand. Keine Zentralheizung. Originalkastenfenster, einfach verglast. Das Dach alt aber noch intakt. Schön war es trotzdem hier zu wohnen. Die großen und hellen Räume. Alles so großzügig angelegt. Im Winter kalt. Aber man gewöhnt sich an so vieles. „Jedenfalls hatte mein Mann ja eine gute Stelle als Professor am Gymnasium und so haben wir uns verschuldet, um wenigstens ein paar Renovierungen vornehmen zu können. Das war eine spannende Zeit, damals!“ Frau Schatz strahlt bei diesen Erinnerungen.

„Und dann?“, unterbricht Ben ihre nostalgischen Ausführungen.

„Wir haben uns komplett verrechnet. Alles kostete viel mehr, als in den Kostenvoranschlägen von den Firmen angegeben. Die Zentralheizung, das Dach. Neue elektrische Leitungen. Es war ja alles schon über hundert Jahre alt. Es musste neu gemacht werden. Der Stromlieferant wollte uns schon den Strom abdrehen, wenn wir nicht einen neuen Zählerkasten einbauen. Es war schrecklich.“

„Das kann ich mir vorstellen“, ermutigt Tonja die Frau weiterzuerzählen.

„Sie wollen ja etwas über den Zemmler wissen, nicht?“

„Genau. Das wäre für uns hilfreich“, betont der Ermittler geduldig. Da ertönt ein sanfter Klingelton.

„Mein Mann. Der Franz braucht mich. Entschuldigen Sie mich einen Moment“, und schon eilt Frau Schatz über die großzügig geschwungene Treppe, die vom Foyer in den ersten Stock hinaufführt.
„Was für eine Geschichte. Die arme Familie. Und wenn man draußen an dem Haus vorbei geht, denkt man, hier haben wohlhabende Leute gewohnt, die nur Champagner und Kaviar im Kopf hatten“, sinniert Tonja laut.
„Wenn man die abgerissene Bude sieht, ist es gleich aus mit der Romantik. Alt, kalt und marod. Wenn nur der Hausschwamm sich hier nicht schon längst eingenistet hat.“
„Schau doch diese schöne Tapisserie. Über hundert Jahre alt und doch noch immer so schön“, schwärmt Tonja und streicht über den reich bestickten Wandbehang.
„Das zieht doch die Motten und andere Vieher automatisch an“, argwöhnt der Kommissar.
„Nein, nein. Ich besprühe die Stoffe immer mit Lavendelhydrolat. Das mögen die Schädlinge nicht“, Frau Schatz ist unbemerkt wieder in den Salon getreten und setzt sich wieder zu ihnen.
„Der Franz hat nur sein Wasser gebraucht. Es geht ihm gerade heute besonders schlecht. Keine Ahnung warum. Also zum Zemmler.“
Als Theo mit seiner Sophie zusammenzog, erzählt sie, ist der Baumeister auf ihr Haus aufmerksam geworden. Er hat es bewundert, sich förmlich darin verliebt. Er hat es gelobt, wie schön es werden könnte, was man alles machen könnte. Er hat sich von ihnen die Baupläne geben lassen und ist dann mit überarbeiteten Vorschlägen gekommen und hat ihnen gezeigt, was alles machbar wäre. Es hat so schön geklungen und er konnte alles so mitreißend präsentieren, dass sie schließlich

eingewilligt hatten, dass er das Haus nach seinen Vorstellungen umbauen darf. Er wollte alles finanzieren und sie selbst würden nur mehr zur Hälfte Eigentümer bleiben und die Parterrewohneinheit behalten.

„Das klingt ja noch halbwegs sauber, wenn die Zahlen auf dem Tisch gestimmt haben", brummelt Ben weil er keinen Nutzen für seinen Fall aus all diesen Informationen holen kann.

„Ja. Aber, dass er darüber hinaus schon Pläne eingereicht hat, um den ganzen Park mit Mietskasernen zu bebauen, das hat der feine Herr vergessen zu erwähnen."

„Das klingt böse", entschlüpft es Tonja, die ganz heiß auf den weiteren Verlauf der Geschichte ist.

„Davon erfahren haben wir eigentlich nur, weil ja die Anrainer ihre Zustimmung geben müssen. Und da hat dann der Franz seinen ersten Herzinfarkt bekommen. Es war schrecklich. Ich sag Ihnen was, das wünscht man seinem ärgsten Feind nicht, wenn einem so etwas passiert."

„Und wie ist die Sache dann ausgegangen?"

Nach ewigem Hin und Her habe der Anwalt der Familie Schatz für einen Vergleich plädiert. Denn wäre es in einen richtigen Prozess gegangen, hätten sie gegen die Winkeladvokaten des Baumeisters keine Chance gehabt und gleich alles verloren. So haben sie das Haus zur Gänze behalten können – allerdings in einem fragwürdigen Zustand, einer einzigen Baustelle. Das große Grundstück wurde neu vermessen und der Zemmler habe im Gegenzug davon den Löwenanteil für seine Bauprojekte erhalten. Als der Deal perfekt war, hat Franz Schatz gleich einen zweiten Herzinfarkt erlitten, von dem er sich bis heute nicht erholt hat.

„Wenn man es unbedingt positiv sehen will“, ergänzt Frau Schatz, „den riesigen Park könnte ich allein ja gar nicht mehr pflegen. Das bisschen Grün ums Haus, das geht gerade noch.“ Was für eine traurige Geschichte, denkt Ben, weiß aber auch im selben Moment, dass das Ehepaar Schatz als Täter nicht infrage kommt. Frau Schatz ist ganz sicher nicht nächtens auf der Gloriette unterwegs – wahrscheinlich nicht einmal tagsüber – obwohl ihr das sicherlich einmal guttäte. Herr Schatz fällt aus gesundheitlichen Gründen sowieso aus. Und der Sohn? – Den kann man im Auge behalten. Aber Bens Bauchgefühl sagt ihm, dass der Täter auch nicht Theo Schatz heißt.
„Der Zemmler hat allerdings immer so getan, als ob er gar nicht die treibende Kraft hinter der ganzen Sauerei gewesen wäre. Er hätte von nichts gewusst, hat er behauptet. Sein kaufmännischer Geschäftsführer hätte das alles geplant. Wegen der Wirtschaftlichkeit, hat er gemeint. Aber wissen Sie was? Ich hab ihm das nie geglaubt. Das ist ein richtiger Aasgeier. Ein Haderlump, auf gut kärntnerisch!“
„War“, wirft Tonja ein.
„Wie bitte?“ Frau Schatz schaut sie fragend an.
„Sie wissen es gar nicht, wie?“ Ben erkennt, dass er der Frau gar nicht vom Tod des Baumeisters erzählt hat. Er war davon ausgegangen, dass sie es schon weiß.
„Der Herr Zemmler ist tot. Die Ursache ist noch nicht aufgeklärt“, informiert Tonja Frau Schatz, die sich fassungslos ans Herz fasst.
„Um Himmels willen! Wie … was … und was heißt das jetzt für uns? Es ist doch alles vertraglich geregelt.“
„Dann wird wohl alles beim Alten bleiben“, versucht Ben die Frau zu beruhigen. „Wir haben Sie nur befragt, um uns ein

vollständiges Bild von Walter Zemmlers Lebensumständen zu machen.“

Mit einem beruhigenden Händedruck verabschiedet sich der Kriminalgruppeninspektor. Frau Schatz deutet Tonja einen Moment zu warten. Sie huscht in ihre Küche und kommt mit einem Päckchen zurück.

„Ich hab gleich gemerkt, dass Sie gerne ein paar Käsnudel gegessen hätten“, damit drückt sie Tonja das Päckchen in die Hand und öffnet das reich verzierte alte Holzportal, um die beiden zu entlassen.

11

Schwungvoll parkt Tonja ihr Taxi vor der Pension „Weißes Rössl“. Mit einem genervten Seitenblick auf sie flüchtet Ben förmlich aus dem Wagen.
„Wie schön, dass wir gesund hier angekommen sind“, schimpft er auf ihre rasante Fahrweise, die sie speziell deshalb ausreizt, weil wenig sonst ihren ach so unerschütterlichen Schwager aus der Fassung bringt. Sie grinst, obwohl sie selbst weiß, dass es waghalsig war, den schmalen Auenweg so sportlich zu nehmen. Aber es war ja gut gegangen und um diese Jahreszeit gibt es hier auch kaum Verkehr. Sie freut sich auf einen heißen Beerentraum-Tee in ihrem kleinen Häuschen.
„Kommst du noch auf einen Sprung mit hinein“, macht Ben ihr gleich wieder ein Friedensangebot, das sie nicht ausschlagen will. In der gemütlichen Küche treffen sie auch Sabine, die gerade einen Kaiserschmarrn und frisches Apfelmus zubereitet. Das duftet! Verführung pur.
„Ihr kommt gerade rechtzeitig zum Essen“, freut sich Sabine und stellt die Pfanne auf den Tisch. Schweigend wird genossen.

„Willst du nicht zu uns ins Haus ziehen, wenigstens in den kalten Monaten?“, bietet Sabine Tonja Unterschlupf im warmen Haus an. Doch die schüttelt abwehrend den Kopf.
„Ich bin ja nicht viel zuhause und zum Schlafen habe ich es ohnehin lieber kühl. Und außerdem wissen wir dann auch gleich, ob sich so ein Mobilhome mit der Infrarotheizung nicht doch auch für Wintercamping eignet“, verweist Tonja auf ihr Experiment.

„Aber wenn es gar zu kalt wird, dann kommst du zu uns! Nicht, dass du krank wirst", mischt sich Ben ein und Tonja sagt zu.
„Es ist immer ein Zimmer für dich gerichtet – mit allem Drum und Dran. Und wenn es dir um zwei Uhr in der Nacht zu kalt wird, dann kommst du eben mitten in der Nacht herein. Einen Schlüssel hast du ja", setzt auch Sabine nach und Tonja nickt noch schnell, bevor sie an ihr klingelndes Handy geht.

„Mario!" ruft sie mit einem Blick in die Runde und verzieht sich nach draußen. „Lange nichts von dir gehört! Warte einen Moment, ich geh schnell einmal an einen ruhigeren Ort."
„Hast du Zeit? Gehst du mit mir essen?", schmeichelt die geliebte sonore Stimme am anderen Ende der Leitung, sodass Tonja gleich weiche Knie bekommt. Aber so leicht will sie es ihm auch wieder nicht machen, dass sie gleich zu allem freudvoll „Ja" sagt. Nicht nach ihrer nun schon Monaten andauernden traurigen Geschichte.
„Du, das tut mir leid. Ich sitze gerade bei einem himmlischen Kaiserschmarrn. Ich kann hier unmöglich weg."
„Ach so. Ja, dann komme ich später einfach bei dir vorbei und wir trinken ein Gläschen Brunello?"
Sie weiß selbst nicht, welches Teufelchen sie reitet, aber sie ist wild entschlossen, heute hart zu bleiben und Mario eine Lektion zu erteilen. Nein, sie ist nicht immer verfügbar. Nicht so. Wenn er mit ihr zusammen sein will, dann soll er sich dazu herablassen, ihre Ehe weiterzuführen. An ihr soll es nicht liegen. Nichts würde sie lieber machen, als wieder in ihr gemütliches Zuhause einzuziehen und mit ihrem Traummann ein gemeinsames Leben zu feiern.
Aber stopp!

Stimmen diese Wünsche noch? Hat sie da nicht mittlerweile doch Zweifel? Irgendwie schon.
Unglaublich wie viele Gedanken einem gleichzeitig durch den Kopf schießen können.
„Du, sei mir bitte nicht böse. Aber ich bin sowas von erledigt. Ich glaube ich hau mich gleich aufs Ohr."
„Was ist denn mit dir los? Ein Angebot mache ich dir noch: Morgen bei unserem Italiener in St. Jakob?"
Marios Stimme klingt enttäuscht, fast ein wenig ärgerlich. Tonja muss lächeln. Recht geschieht es ihm. Ja, so fühlt man sich, wenn man auf Abstand gehalten wird. Sie hofft, dass sie das Schauspiel durchhalten kann.
„Ich ruf dich morgen Mittag an. Dann sag ich dir Bescheid, Mario." Sie ist stolz auf sich. So kühl war sie schon lange nicht mehr gewesen, wenn er angerufen hat. So ein bisschen Abstand, gewürzt mit Komplimenten eines anderen attraktiven Mannes, das wirkt offenbar Wunder. Blödsinn, korrigiert sie sich. Ich brauch die Komplimente von Johannes nicht, um zu checken, dass Mario nicht mehr der Richtige für mich ist. Wir haben uns einfach auseinanderentwickelt. Das passiert. Aber ein bisschen Rache für die vielen Zurückweisungen von Mario, die will sie sich gönnen. Das soll das Pflaster auf ihrer weiblichen Seele werden.
„Gut, abgemacht", gibt sich Mario schon wieder siegessicher.
„Nein. Weißt du was, Mario? Ruf du mich an. Ich hab dermaßen viel um die Ohren, dass es sein könnte, dass ich dich völlig vergesse."
So, das hat gesessen, hofft sie. So ein bornierter Affe! Und sowas ist mein Mann! Sie schüttelt den Kopf über sich und flötet noch ein „Ciao, Ciao" ins Telefon und legt auf. Sie grinst bei der Vorstellung was der gute Herr Schuldirektor jetzt

wahrscheinlich für ein Gesicht macht. Es wäre doch gelacht, wenn sie es ihm nicht doch ein bisschen zurückzahlen könnte, was er ihr an Tränen und Trauer gekostet hat. Seine Zurückweisung und seine Strafe für ihr angeblich so ungebührliches Verhalten war einfach völlig überzogen. So gehen erwachsene Menschen doch nicht miteinander um. Sie schüttelt den Kopf über sich selbst, dass sie sich derart hat demütigen lassen. Aber damit war jetzt Schluss. Das wusste sie nun ganz klar.
OK, der Sex mit ihm war schon ganz interessant, zugegeben. Darauf muss sie aber auch gar nicht verzichten. Nur ab sofort gelten ihre Bedingungen, nicht seine. Der Spieß wird jetzt umgedreht. Mit jedem Gedankengang fühlt sich Tonja besser. Getrenntes Wohnen hat schon auch so seine Vorteile. Und, dass es dazu gekommen ist, das hat der gute Gatte ja selbst angezettelt.

Lächelnd gesellt sie sich wieder zu den anderen und genießt die letzten Happen des göttlichen Kaiserschmarrn.

12

Tonja steht gerade unter der Dusche als sie ihr Mobiltelefon läuten hört. Ach was, denkt sie, ich dusche heute so lange, bis kein warmes Wasser mehr kommt. Sie muss noch immer über ihren gestrigen Coup lächeln und dass sie es zum ersten Mal geschafft hatte, den schönen Mario abblitzen zu lassen. Heute ist ein guter Tag, sagt sie sich und freut sich schon, wieder mit Ben auf die Piste zu gehen.

Ob sie es schaffen würden, einen Schritt weiter zu kommen und dem Mörder von Walter Zemmler überführen? Einerseits wäre es toll, andererseits wäre ihr Einsatz dann schon wieder vorbei. So viele Morde gibt es im idyllischen Kärnten ja dann auch wieder nicht, dass sie ständig im Einsatz wäre. Aber dann hätte sie wieder Zeit an ihrem neuen Roman zu arbeiten. Egal. Irgendetwas wird werden.

„Ah“, reagiert sie auf den plötzlich kalten Wasserstrahl, springt aus der Minidusche und landet unsanft auf dem Sitz des WCs. Sogleich ist es richtig kalt, die Gänsehaut läuft ihr die Arme auf und ab. Schnell hüllt sie sich in ihren flauschigen Bademantel und stellt das Wasser in der Dusche ab. Verflixt, jetzt ist der ganze Ärmel nass. Kalt. Sie huscht in ihr kleines Schlafzimmer, in dem es zum Glück schön warm ist. Schnell springt sie in ihre Jeans und einen molligen Pullover.

„Ein Königreich für einen heißen Kaffee“, murmelt sie und schon klopft es ungeduldig an ihre Tür. Ben. Zwei Thermo-Kaffeebecher in den Händen.

„Du bist ein Schatz und auch noch ein Gedankenleser! Komm schnell herein“, begrüßt sie ihren Schwager und nimmt ihm gleich einen Kaffee ab.

„Bist du fertig? Wir müssen los. Die Freya Sturm wartet auf uns“, klärt Groß seine Partnerin auf, die genießerisch die Augen geschlossen hat, um Sabines Kaffeewunder zu genießen.
„Ok. Bereit“, sie steigt in ihre geliebten schwarzen Offiziersstiefel, wirft sich ihren Schafwollmantel über, krallt sich im Hinausgehen noch ein Industrieschokocroissant italienischer Provenienz und steht schon draußen vor der Tür.

Wieder bewundert Tonja die weiße Nelkenrabatte, die für den Herbstmonat in einem erstaunlich guten Zustand ist.
„Ihre Treue ist unerschütterlich, wie“, meint Tonja anerkennend zu Frau Simon, die ihnen die Tür geöffnet hat. Sie lächelt nur vielsagend und auch ein bisschen stolz.
„Ah, da sind Sie ja“, begrüßt sie auch Frau Sturm und kommt die herrschaftliche Treppe herunter.
„Sie sind wieder hier eingezogen?“, versichert sich Ben und erhält ein hoheitliches Nicken.
„Es gibt ja nun leider so vieles das erledigt und organisiert werden muss“, erklärt sie.

Nach der obligaten Beileidsbekundung werden Tonja und Ben in einen freundlich und hell eingerichteten Salon gebeten. Freya Sturm scheint sehr gefasst zu sein, doch Tonja bemerkt die Schatten unter den Augen der trauernden Gattin. Sie ist nur vorteilhaft zurechtgemacht. Da versteht jemand etwas vom Schminken, denkt sich Tonja.
„Was für eine furchtbare Geschichte. Wissen Sie bereits, wer dafür verantwortlich ist?“
Bedauernd schüttelt Ben den Kopf.
„Wir stehen noch ganz am Anfang. Die bisherigen Befragungen haben lediglich ein wenig Licht in die Lebensumstände

gebracht. Immerhin konnten wir einige Personen schon als potenzielle Täter ausschließen. Aber Ihr Mann war ja doch mit sehr vielen Menschen bekannt, stand mit zahlreichen Leuten in unternehmerischem Kontakt und da gibt es leider nicht nur Lobeshymnen auf ihn."
„Das haben Sie sehr freundlich umschrieben, Herr Kollege. Sie wissen, dass ich auch bei der Polizei arbeite?"
„Natürlich", versichert er. „Aber Sie haben auch ein sehr intensives Hobby. Das Theaterspielen."
„Das ist richtig. Und wahrscheinlich wissen Sie auch schon vom letzten Streit, den Walter und ich hatten."
Wieder nickt Ben.
„Wenn Sie den Rauswurf aus dem Probenlokal meinen…"
„Genau den, ja. Er hat uns eine Lagerhalle zur Verfügung gestellt. Und vor ein paar Tagen hat er sich plötzlich eingebildet, dass ich ihn betrügen würde. Davon kann natürlich keine Rede sein! Aber er hat sich nicht davon abbringen lassen. Schon hat er unsere sämtlichen Sachen, Bühnenbilder, Requisiten, Kostüme, Möbel einfach auf die Straße stellen lassen. Er wusste natürlich ganz genau, wann der Sperrmüllwagen kommen würde. Der hat dann auch prompt fast alles mitgenommen. Ein paar Kostüme konnten wir retten."
Freya Sturm hat sich in Rage geredet, was Tonja sehr gut verstehen kann.
„Als ich dann nach Hause kam und ihn zur Rede stellen wollte, war das Schloss ausgetauscht und Andrea – also Frau Simon war angewiesen, mich nicht ins Haus zu lassen. So war das. Ich bin folglich nicht ausgezogen, sondern ich wurde vor die Tür gesetzt."

„Sie haben wirklich keinen Liebhaber?“, bohrt Benjamin nach. Freya schaut kurz betreten zu Boden und erklärt weiter die Situation.

„Wir haben uns dann alle auf der Gloriette getroffen – wir sind ja mit den Proben schon im Rückstand. Wir wussten nicht wohin. Und dort ist ein tolles Ambiente. Kommende Woche ist Premiere. Wahrscheinlich haben Sie dort unsere Koffer und Kleinrequisiten gefunden.“

„Genau. Deshalb sind wir hier, ja“, bestätigt Tonja. „Zumindest auch deshalb.“

Nachdem das nun geklärt ist, will Ben natürlich auch mehr über das augenscheinliche Liebesnest erfahren, doch Freya Sturm hüllt sich diesbezüglich geschickt in Schweigen und weicht aus.

„Natürlich liebe ich meinen Mann. Auch wenn das viele nicht verstehen. Er hat – hatte auch seine guten Seiten. Gar nicht so wenige. Man musste nur wissen, welche <Knöpfe> man bei ihm drücken musste.“

„Ja, das hat Ihre Tochter bereits erwähnt. Aber wenn Sie Ihren Mann so geliebt haben und ihn ergo nicht umgebracht haben, wen würden Sie uns als verdächtig nennen?“

„Also bitte! Ich kann doch hier nicht Ihre Arbeit machen, Kollege. Keine Ahnung! Alle. Niemand. Elisabeth. Seine Ex. Was weiß ich?“

„Frau Zemmler?“, Tonja ist irritiert.

„Na ihr hat der Walter das Leben am allerschwersten gemacht. Sie ist ja auch in der Immobilienbranche tätig. Und da hat er es sich nicht nehmen lassen, seine unternehmerischen Muskeln spielen zu lassen, damit sie ihn ja nicht übertrumpfen konnte. Das beste Beispiel ist ja das Einkaufszentrum, das gerade in der Ausschreibungsphase ist. Wenn die Frau keinen

Grund gehabt hatte, Walter ans Leder zu wollen, dann weiß ich auch nicht."

Oha, denkt sich Benjamin. Die Dame ist nicht von schlechter Herkunft. Es hat nicht lange gedauert, bis sie doch eine Verdächtige aus dem Ärmel geschüttelt hat. Und zwar eine, die unter Umständen an der Erbfolge rütteln könnte. Und das gefällt der aktuellen Frau Zemmler vulgo Sturm wahrscheinlich gar nicht.

„Aber es ist Ihnen schon klar, dass Sie selbst unsere Hauptverdächtige sind? Sie haben doch sicher den größten Vorteil von Herrn Zemmlers Ableben", wagt sich Tonja auf ganz dünnes Eis. Benjamin runzelt missbilligend die Stirn. Das war jetzt wohl nicht der vorteilhafteste Schachzug, erkennt Tonja und hält sich gleich wieder zurück. Doch es ist zu spät. Freya Sturm wird ihrem Namen gerecht und wirft sie hinaus. Frau Simon kommt herbeigeeilt, ob des Lärms.

Benjamin hält abwehrend die Hände nach oben.

„Wir sind schon weg. Sie haben Recht, Frau Sturm. Wir haben weitaus wichtigeres zu tun, als eine trauernde Witwe zu belästigen, nein zu beschuldigen. So ganz ohne Beweise."

Rückwärtsgehend bewegt er sich zur Tür, Tonja ist bereits ins Foyer vorausgeeilt und macht noch schnell ein Beweisfoto.

„Was erlauben Sie sich! Löschen Sie sofort dieses Foto! Sie sind nicht befugt hier zu fotografieren! Überhaupt bezweifle ich, dass Sie eine offizielle Aufgabe in der ganzen Sache hier haben. Sind sie nicht die Taxilenkerin? Was haben Sie hier überhaupt bei der Befragung zu suchen?"

„Nur keine Panik. Ganz ruhig, Frau Sturm", versucht Benjamin wieder einmal zu beruhigen. „Wir sind schon weg. Frau Stein ist meine Assistentin und alles hat seine Richtigkeit. Das kann ich Ihnen versichern, Frau Kollegin. Ich melde mich bei Ihnen, sobald es Neuigkeiten gibt."

Im Auto schauen sich Ben und Tonja von der Seite her an und bekommen zeitgleich einen Lachkrampf.
„Was für eine Xanthippe!", prustet Benjamin. „Da hat der Walter ja richtig Glück gehabt, dass er ihr entkommen ist."
„Spricht man so von einem trauernden Familienmitglied?", rügt ihn Tonja feixend.
„Irgendwie hat uns die nicht die Wahrheit gesagt", vermutet Ben.
„Oder zumindest nicht die ganze Wahrheit", gibt ihm Tonja recht. „Wahrscheinlich hat sie etwas zu verbergen. Und ich fress´ einen Staubsauger, wenn die nicht irgendein außereheliches Verhältnis hat."
„Wie kommst du darauf?", Ben ist irritiert.
„Hast du nicht gemerkt, dass sie von sich ablenken wollte? Sofort hat sie auf Zemmlers Ex hingehauen. Die hat einiges zu verbergen. Und am allerliebsten wäre es ihr, wenn wir ihr alles glauben würden."
„Aha. Du hörst aber auch die Schmetterlinge husten, was?"
„Die hat eine heiße Affäre laufen. Wahrscheinlich mit dem Berger."
„Mit dem Berger? Aber der ist doch gut verheiratet. Bieder. Nein. Das glaub ich nicht."
Ben sieht da keinerlei Verdachtsmomente, bei denen er einhaken könnte.
„Kann doch sein, oder?", will Tonja ihre These nicht einfach so aufgeben. „Wir sollten uns diese Theatergruppe einmal genauer ansehen."

Sie hat den Berger zwar nur so ins Blaue ins Spiel gebracht, doch je länger sie darüber nachdenkt, desto wahrscheinlicher erscheint ihr der Gedanke. Ihr Bauchgefühl. Manchmal darf man ruhig mit dem Bauch denken, der weiß manche Dinge schneller als der Kopf. Indem sie das denkt, fühlt es sich auch gleich richtig gut an. Also muss da etwas dran sein, da ist sich Tonja sicher. Auch wenn sie das ihrem Schwager so nicht verklickern kann. Da muss alles immer Hand und Fuß und Nase haben. Egal. Das ergibt sich schon noch.

„Josef Berger oder Elisabeth Zemmler?", stellt Ben zur Auswahl. Sie entscheiden sich einstimmig für Frau Zemmler. Die Theatergruppe kommt schon noch an die Reihe. Später.
Ben sucht telefonisch um einen Termin bei der Immobilienmaklerin an.

13

Stahl, Beton und viel Glas außen, innen zarte Töne und warme, weiche Textilien – ein wirklich beeindruckendes Büro, in das Tonja und Ben von einem jungen, sehr distinguiert wirkenden Mann geführt werden. Elisabeth Zemmler ist gerade dabei höchstselbst eine überdimensional große Zimmerpflanze zu gießen.

„Ah, da sind Sie ja endlich. Herr Groß? Frau…?

„Stein, Tonja Stein.“

„Es geht um meinen Mann?“

Ben räuspert sich verlegen. Sie weiß offensichtlich noch nichts. Also hebt er leise und mit einfühlsamer Stimme an, die Exfrau vom Ableben ihres ehemaligen Gatten zu informieren, wird jedoch schnell unterbrochen.

„Ich weiß. Ich weiß. Andrea, also Frau Simon hat mich bereits in Kenntnis gesetzt.“

Was für eine kühle Person, überlegt Tonja und beobachtet Frau Zemmler ganz genau. Perfekt gestylt scheint nicht nur ihr Outfit sondern auch die Mimik zu sein. Ein richtiges Pokerface, sofern man das auch einer Frau zuschreiben kann. Kein verräterisches Augenbrauenspiel, kein Zucken um die Mundwinkel. Nichts, was irgendwie auf eine Gefühlsregung hinweisen würde. Erstaunlich, findet Tonja.

„Mein Mann war ein ziemliches Ekel. Es wundert mich nicht, dass er ein solches Ende genommen hat.“

„Ich weiß nicht, ob man das so aktiv beschreiben kann >er hat ein Ende genommen<. Es ist eher so, dass ihm jemand ein Ende verpasst hat“, kann es sich Tonja nicht verkneifen zu sagen, wofür sie einen Blick von Ben erntet, der quasi

einem Platzverweis gleichkommt. Sie schlägt die Augen nieder. Es tut ihr schon leid.
„Verzeihen Sie die rüde Ausdrucksweise meiner Assistentin, Frau Zemmler“, entschuldigt Ben sich für Tonja, was der wiederum furchtbar peinlich ist. Das ist ja, wie eine Entmündigung. Wie kommt sie bloß aus der Nummer wieder heraus?
„Ja. Entschuldigen Sie bitte. Ich weiß auch nicht…“, lässt sie den Satz in der Luft hängen und versichert sich bei der gar nicht trauernden Witwe, ob sie das Handy für eine Aufnahme ihrer Aussagen verwenden darf. Die Witwe nickt gnädig. Ist eine Ex-Frau eigentlich überhaupt eine Witwe? Oder gilt das nur für den aufrechten Ehestand. Sie wird es googeln, beschließt Tonja.
„Sie haben wohl auch Pech in der Liebe, wie?“, überrascht Elisabeth ihr Gegenüber.
Wie hat diese Hexe denn das erkannt, ärgert sich Tonja, hebt selbstbewusst ihr Kinn und meint, dass sie es niemals zulassen würde, dass solche Dinge ihre Arbeit beeinflussen.

Wollte Mario nicht eigentlich anrufen? Typisch. Er hat es wohl vergessen. Es sollte ihr egal sein.

Plötzlich müssen beide Frauen lachen und das Eis ist endlich gebrochen. Kurz blickt Ben zur Decke, ob so viel weiblicher Unberechenbarkeit.
„Ganz frei von der Leber weg gebe ich zu, dass ich gehofft hatte, dass mit Walter und mir alles wieder ins Lot kommen würde, wenn diese Freya endlich das Feld geräumt hat. Kurz sah es ja ganz gut für mich aus.“
„War Frau Sturm Ihr Scheidungsgrund?“, will Ben wissen.

„Ach, wissen Sie. Da waren so einige Frauen. Aber ich wusste immer, das geht vorbei. Aber Freya und Walter, das war so eine on/off-Beziehung – schwierig einzuschätzen. Außerdem war da ja noch das Kind. Von dem ich aber erst nach unserer Scheidung erfahren habe. Ich wusste, dass Freya eine Tochter hat, das schon. Aber nicht, dass es auch Walters Tochter ist. Es hätte mir nie etwas ausgemacht, da ich selbst ja keine Kinder bekommen kann. Aber plötzlich meinte Walter, er müsse an dem Kind etwas gut machen, was er all die Jahre versäumt hat. Als ob das ginge!"
„Ja? Und dann?" bohrt Tonja, was aber gar nicht nötig gewesen wäre, denn Frau Zemmler ist so richtig in Fahrt. Endlich kann sie jemandem alles erzählen, der wirklich zuhört. Der die Geschichte nicht schon zig Mal in den vergangenen Jahren gehört hat.
„Ich habe damals, also so vor zirka fünf Jahren, als das mit Freya und Walter wieder einmal losging sofort gemerkt, dass es diesmal anders war. Ich weiß nicht was, aber Walter veränderte sich. Er wurde milder. Er unterstützte diese Theatergruppe. Quartierte sie in einer seiner Lagerhallen ein. Ging mit Freya ins Konzert, in die Oper. Ja, ich hatte meine verlässlichen Informanten! Leute, die es genießen, wenn sie einem solche Informationen beschaffen und die sich am Unglück von Menschen der höheren Gesellschaftsschicht ergötzen. Aus Neid und Schadenfreude. Vor solchen Unternehmungen hat er sich bei mir jedenfalls immer gedrückt. Aber Freya schien ihn regelrecht verzaubert zu haben. Schließlich gab es nicht einmal mehr das geschäftliche Band zwischen uns. Das hatte nämlich bis dahin eigentlich immer alles zusammengehalten. Was blieb mir anderes übrig? Ich bin gegangen, bevor er mich darum gebeten hat. Die Scheidung folgte gleich auf

den Fuß. Und geschäftlich untergrub er mich dann auch immer härter."
Tonja schaut sich bewundernd im Büro um. Elisabeth deutet ihren fragenden Blick richtig.
„Ja. Trotzdem habe ich es geschafft! Ich habe mir eben eine Nische gesucht, die Walter nicht interessierte. Seitdem ist Ruhe und wir können, Verzeihung, konnten uns wieder wie zwei zivilisierte Menschen auf Partys unterhalten. Und so kam es, dass ich mich wieder in ihn verliebte. Oder vielleicht ist auch nur die alte Liebe aufgelodert. Er ist … Er war ein beeindruckender Mann."
Nun findet doch eine Träne den Weg über Elisabeths Wange direkt in ihren Mundwinkel. Verstohlen wischt sie diese weg.
„Sie meinten vorhin, dass es Sie nicht überrascht hat, dass Ihr Exmann so zu Tode gekommen ist", versucht Ben einen neuerlichen Vorstoß um an Details und Informationen zu kommen. Mit großen Rehaugen schaut Elisabeth ihn an.
„Tja. Viele glauben ja, dass er ein eiskalter Geschäftsmann war und deshalb jeden übertrumpfte. Aber es war für ihn vielmehr ein Spiel. Sport. Und das war für manche Geschäftspartner dann eigentlich noch viel schlimmer. Dass einer nicht aus wirtschaftlicher Not, oder professionell wirtschaftlichem Kalkül sondern einfach aus sportlich spielerischen Ambitionen alle vom Markt fegt."
Durch die Gegensprechanlage tönt die Stimme von Elisabeth Zemmlers Assistenten.
„Frau Hofer ist jetzt da, Frau Zemmler."
„Einen Moment bitte", antwortet die Chefin und erklärt, dass das ihre Schwester sei, die auch nicht allzu gut auf Walter zu sprechen ist. Nachdem sie erfährt, dass die beiden Ermittler das schon wissen, aber gerne mehr darüber erfahren würden,

lässt sie Frau Hofer hereinbitten, stellt sie vor und bestellt Getränke für alle bei ihrem Assistenten. Die beiden Frauen umarmen sich innig, Elisabeth Zemmler hat ihrer Schwester am Telefon schon von Walters Tod berichtet.

„Frau Hofer“, nimmt Ben das Gespräch auf. „Was hat es denn nun mit den Unstimmigkeiten auf sich, die Sie und Ihr Mann mit Ihrem Schwager auszufechten hatten?“
Unsicher schaut Heidi zu ihrer Schwester, die ihr aufmunternd zunickt.
„Ganz genau weiß ich das selbst nicht, aber mein Mann ist extrem sauer auf Walter. War extrem sauer. Irgendetwas hat er nicht eingehalten. Das war nicht wirklich neu. Aber darüber müssen Sie mit meinem Mann sprechen. Er war so aufgebracht, dass ich eigentlich nur Bahnhof verstanden habe, als er es mir erzählen wollte. Irgendetwas mit unserer Altersvorsorge … mit Elisabeths Idee … Walters Größenwahn schlage dem Fass endgültig den Boden aus, hat er geschrien.“

Ben überlegt kurz, verabredet sich dann aber mit Frau Hofer für den nächsten Tag in deren Haus, um auch mit dem erzürnten Ehemann zu sprechen.

Tonjas Handy klingelt. Sie geht kurz hinaus, um zu telefonieren.
Mario. Endlich! Ein Treffen zum Mountainbiken rund um den Forstsee? Das klingt gut, unverfänglich. Ja, das kann sie sich gut vorstellen. Endlich wieder einmal ein bisschen sportliche Aktivitäten setzen und dabei nicht alleine sein.

14

„Dann wollen wir uns doch noch einmal den Herrn Berger zur Brust nehmen. Was meinst du? Ab in die Schule?",
Tonja nickt und startet den Wagen. Sie überlegt, wie der Herr Berger wohl reagieren wird, wenn Sie ihm auf den Kopf zusagt, dass er eine Affäre mit der schönen Vereinsobfrau hat.
„Was heckst du aus?", Ben ist Tonjas Grinsen nicht entgangen.
„Wir sollten eigentlich Frau Berger zu ihrer Einschätzung von Seppls Treue befragen."
„Seppl? Du meinst Ihren Mann, Josef Berger?" Er lacht hellauf. „Ein bisschen mehr Respekt unseren Zeugen gegenüber, wenn ich bitten darf, Frau Assistentin Stein!" Scherzhaft droht er ihr mit dem Zeigefinger.
„Du scheinst dir ja seiner Untreue sehr sicher zu sein."
„Diesmal machen die Ermittlungen wirklich richtig Spaß, weißt du? Diese selbstverliebten Societyschnösel zu sehen, wie sie sich winden und den Ball weiterspielen, in ihren megaüberdrüberschönfrisierten Häusern und Wohnungen. Wie sie Angst haben, dass irgendein Makel an ihren ach so wichtigen Sitzgesichtern hängenbleibt. Und letzten Endes haben doch Alle Dreck an den Sohlen, wenn du mich fragst. Nicht unbedingt im Fall Zemmler vielleicht. Aber die sind auf jeden Fall alle miteinander keine harmlosen Mitmenschen."
„Wahrscheinlich hast du Recht. Aber uns interessiert eigentlich ausschließlich wie Walter Zemmler um die Ecke gebracht wurde und von wem."
„Mich interessiert schon auch noch das Warum und Wie", ergänzt Tonja leidenschaftlich.

„Das spielt für die Ermittlungen überhaupt keine Rolle. Ok. Das Motiv führt zum Täter. So gesehen, ist vielleicht das >Warum< schon auch noch interessant."

„Sag ich doch!", trumpft Tonja auf.

„Letzten Endes ist aber nur die Tat und der überführte Täter relevant", schulmeistert der Kriminalgruppeninspektor weiter.

„Also ich glaube schon, dass die Leute lieber Krimis lesen, als trockene Ermittlungsakten."

„Ich nicht", beharrt Ben und erntet dafür schallendes Gelächter.

„Du bist echt ein furztrockener Staatsbeamter!"

„Dem du zu Dank verpflichtet bist", erklärt er selbstbewusst. „Ohne die furztrockenen Ermittlungsergebnisse könntest du auch keinen Krimi schreiben, liebste Schwägerin!"

„Oh doch. Nur nicht so detailreich, was die Ermittlungsmethoden angeht", erwidert Tonja trotzig, merkt aber, dass Ben irgendwie gekränkt zu sein scheint.

„Was ist?"

„Ich kann es nicht leiden, wenn man mich mit der Staatsdienerei aufzieht", brummelt er beleidigt.

„Aber das war doch nicht böse gemeint. Das weißt du doch! Du hast schon recht. Dass ich hier bei dir mitmachen kann, das ist schon super. Natürlich geht es nicht nur um deine Erfahrung beim Ermitteln. Das ganze Brimborium hier beflügelt auch meine Phantasie. Zufrieden?"

„Ich riskiere hier quasi meinen Job, damit du Stoff für deine Krimis sammeln kannst, und du machst dich über mich lustig!", echauffiert er sich noch weiter, was Tonja wiederum ein Grinsen entlockt. Irgendetwas quält ihn, das spürt sie. Und es ist sicher nicht das, was er vorgibt.

„Was ist denn nun wirklich los?"
Ben zupft ein wenig nervös an seinem Sicherheitsgurt. Schaut aus dem Seitenfenster, völlig in die vorbeifliegende Landschaft vertieft.
„Na? Du hast doch etwas! Raus damit! Ich schweige wie ein Grab, heiliges Taxlerinnen-Ehrenwort", Tonja hebt zum Schwur die Hand ans Herz.
„Kannst du dir vorstellen, dass Sabine genug von mir hat?", platzt Ben heraus.
„Was? Wie kommst du denn darauf?", Tonja ist völlig überrascht, denn sie kennt kein harmonischeres Liebespaar – also zumindest zurzeit – als die beiden. Sabine kümmert sich rührend um Bens kulinarisches Wohlbefinden und Ben ist unerwartet aufmerksam und versucht Sabine jeden Wunsch von den Augen abzulesen. Zumindest was den Alltag betrifft, findet Tonja.
„Irgendwie ist sie so komisch in letzter Zeit."
„Was meinst du damit?", fragt Tonja mit hochgezogenen Augenbrauen und Ben erzählt davon, dass es nun bereits mehrmals vorgekommen sei, dass Sabine schnell etwas in eine Tüte oder in viel Papier eingewickelt hat, um es verschwinden zu lassen, wenn er in den Raum gekommen war. Und wenn er danach gefragt hat, ist sie ihm mit irgendeiner fadenscheinigen Ausrede gekommen. Er fühlt sich ausgeschlossen, erklärt er. Warum tut Sabine das? Tonja schaut ihn von der Seite an und beginnt lauthals zu lachen.
„Typisch Mann!"
„Was heißt hier typisch Mann? Sie hat Geheimnisse vor mir!" entrüstet sich der gekränkte Ben.
„Klar hat sie Geheimnisse vor dir! Jede Frau hat Geheimnisse! Wahrscheinlich plant sie eine Überraschung für dich. Also

bemüh dich ein wenig um eine erwachsene Haltung und lass ihr den Spaß!“
„Meinst du wirklich?“ Bens Miene hellt sich auf. Dass er darauf nicht selbst gekommen ist. Klar. Ganz logisch. Eine Überraschung! Und schon freut er sich wieder aufs Nachhause kommen.

Vor Bergers Schule in der Mössingerstraße angekommen, legt Benjamin ein Schild mit „Polizei im Einsatz“- Schild hinter die Windschutzscheibe.
„Na, dann suchen wir einmal den Herrn Professor und fühlen ihm auf den Zahn.“
Im Sekretariat erfahren sie, dass Herr Professor Berger gerade eine Beratungsstunde hat und sie werden durch lange Gänge geführt, bis vor eine Tür mit der Aufschrift „Bitte anklopfen“. Sogar das Anklopfen wird für sie erledigt. Sobald von Innen ein aufforderndes „Ja, bitte!“ erklingt, verabschiedet sich die freundliche Sekretärin von ihnen und sie stehen einem verblüfften Josef Berger gegenüber.
„Sie?“
„Entschuldigen Sie bitte die Störung“, beginnt Tonja, kommt allerdings nicht weit.
„Muss es wirklich sein, dass Sie mich hier in der Schule aufsuchen?“
„Wir tun nur unsere Arbeit und die besteht nun einmal darin, im Befragen wichtiger Zeugen ein Verbrechen aufzuklären. Herr Berger, als Mitglied der örtlichen Theatergruppe, haben Sie vielleicht vergessen uns etwas zu erzählen?“
Nach einem kurzen Geplänkel, in dem es von „privaten Informationen“, „nicht gewusst, dass es wichtig sein könnte“ und ähnlichen windigen Ausflüchten die Rede ist, erfahren die

beiden Ermittler, dass Josef und Freya eine heiße Affäre haben. Dass diese bereits seit einiger Zeit andauert und dass es schon sein kann, dass Herr Zemmler etwas ahnte. Offen ausgesprochen sei jedenfalls nie etwas geworden, darin ist sich der Lehrer sicher. Denn auch er ist ja schließlich gebunden. Sie wollten die Zeit miteinander genießen, solange es eben prickelnd ist.
„Wir sind erwachsene Menschen und die tun nun einmal solche Dinge", bekräftigt Herr Berger trotzig.
„Und Ihre Frau?"
„Keine Ahnung! Ich meine, die hat keine Ahnung und so soll es auch bleiben."
Weder er noch Freya haben es auf eine gemeinsame Zukunft angelegt.
„Mein Gott, sie ist eine schöne und leidenschaftliche Frau, die eben bestimmte Bedürfnisse und Phantasien hat."
„Sex unter freiem Himmel bei nächtlichen 10 Grad?", spottet Tonja. Berger ist kurz irritiert.
„Ja und? Solange alles einvernehmlich geschieht…"
„Das wollen wir doch hoffen", bestätigt Ben lächelnd. „Also sollte alles geheim bleiben? Somit war Ihnen Herr Zemmler nicht im Wege?", überlegt er laut.
„Natürlich haben wir uns, respektive habe ich mich geärgert, als wir unser Dach über der Theaterarbeit verloren haben! Und das nur, weil der Göttergatte meinte, etwas zu ahnen. Aber deshalb bringe ich doch niemanden um! Wir stehen kurz vor der Premiere. Die ziehen wir trotz allem knallhart durch! Wir ziehen alle an einem Strang und außerdem beziehen wir morgen mit Sack und Pack die Garage einer Kollegin."
Das leuchtet ein, denkt Tonja, obwohl Menschen oft wegen weitaus geringerer Motive ums Leben gebracht werden. Aber

es ist schon so, dass Berger viel zu viel zu verlieren gehabt hätte. Und er wirkt wirklich nicht so, als ob er ein unbeherrschter und gewaltbereiter Heißsporn wäre.
„Nachdem wir das geklärt haben, Herr Berger, möchte ich Sie bitten, sich uns auch weiterhin zur Verfügung zu halten. Es kann schon sein, dass wir nochmals Ihre Hilfe brauchen", warnt der Ermittler vor.
„Wie Sie meinen. Sie wissen ja wo Sie mich finden. Es wäre mir nur sehr lieb, wenn meine Frau nichts von der Sache mit Freya erführe."
Groß nickt gutmütig.
„Wenn es die Ermittlungen nicht erfordern, erfährt sie von uns nichts. Ich hoffe für Sie, dass Sie uns heute die ganze Wahrheit erzählt haben. Also dann: Habe die Ehre!"

15

“Das habe ich mir gedacht, dass Sie wiederkommen. Gibt es schon etwas Neues? Haben Sie den Mörder schon gefasst?”, werden Tonja und Ben von der Hausdame Andrea Simon begrüßt, die nur ein Kopfschütteln erntet, worauf sie gleich fortfährt mit: „Frau Sturm meinte zwar, dass sie heute für niemanden zu sprechen sei, aber für Sie macht sie sicher eine Ausnahme“, mit diesen Worten bietet sie den bewährten Platz im Foyer an und ist auch schon auf der Treppe in den ersten Stock.

„Das klingt irgendwie so, als ob die beiden nicht gerade das beste Verhältnis zueinander hätten“, gibt Tonja zu bedenken und ihr Begleiter nickt.

„Das kann für Ermittlungen von Vorteil sein, weil sich die Zeugen dann nicht absprechen und somit Widersprüche quasi vorprogrammiert sind.“

Da kommt die Dame des Hauses auch schon zu ihnen, ostentativ freizeitkonform in einen Jogginganzug gekleidet.

„Was verschafft mir die zweifelhafte Freude Ihres Besuches“, ist die Dame ganz offensichtlich not amused. Hat sie doch ein schlechtes Gewissen, überlegt Tonja, die es seltsam findet, dass Frau Sturm nicht größeres Interesse daran zeigt, dass der Mörder ihres Gatten möglichst schnell dingfest gemacht wird.

„Ich habe leider nicht viel Zeit.“

„Es geht auch ganz schnell, Frau Sturm“, beruhigt Ben. „Wir haben von Ihrer Beziehung zu Herrn Berger erfahren und möchten nun gerne wissen, wie Sie die gemeinsame Zukunft planen?“

Freya setzt sich überrascht auf das breite Ledersofa.

„Das geht Sie doch überhaupt nichts an. Was soll denn das mit Walters Tod zu tun haben? Also ich muss schon bitten!"
„Die Lebensumstände sind nun einmal die Basis für solche Geschehnisse, Frau Sturm. Jetzt seien Sie doch ein bisschen kooperativer! Sie wissen doch wie das läuft, Frau Kollegin. Wir wollen Ihnen doch nichts Böses!"
Ben ist jetzt schon einigermaßen genervt von diesem Getue der Diva. Seufzend gibt sie zu, eine Affäre mit Josef Berger zu haben, nichts Ernstes. Und ja, Walter hat sich so seine Gedanken gemacht, wahrscheinlich hat er ihr auch nachspioniert. Na und? Zwischen Berger und ihr, das ist nur Ausgleich. Sex. Ein bisschen Abwechslung. Er ist verheiratet. Sie ist verheiratet. Und beide haben kein Interesse daran, ein gemeinsames Leben anzusteuern. Beileibe nicht!
„Gut. Wer hat den größten Vorteil von Herrn Zemmlers Tod? Ich nehme an, Sie sind die Haupterbin?"
Das verneint Frau Sturm vehement. An der Firma sind mehrere Geschäftspartner beteiligt, im Todesfall eines Anteilseigners gibt es ganz eigene Absprachen und Verträge. Da wird also nicht viel für Freya abfallen. Sophie ist die Erbin der Villa. Nur wenn diese verkauft würde, könnten alle ein sorgenfreies Leben haben.
„Das kommt aber überhaupt nicht infrage", klingt es direkt von der Haustür. Sophie steht da, völlig entrüstet über das, was sie gerade gehört hat.
„Aber Kindchen. Das ist doch das Vernünftigste überhaupt. Wer soll denn den alten Kasten in Schuss halten? Wir nehmen uns zwei schöne Penthouse-Wohnungen mit Blick auf den See und genießen ein schönes Leben."
„Und was wird aus mir?" ertönt Andrea Simons Stimme aus dem Hintergrund. Freya zuckt die Schultern.

„Gutes Personal wird immer einen Platz finden."
„Mama!" Sophie ist entrüstet. „Das kannst du nicht machen! Andrea ist seit immer schon hier im Haus. Sie gehört zur Familie!" Sophie stellt sich an Andreas Seite und streichelt sie tröstend.
„Ja, mein Gott. Mit Familienmitgliedern streitet man eben hin und wieder. Ist doch nicht so schlimm. Oder willst du deine Wohnung alleine putzen, willst du alles selbst einkaufen müssen und kochen?"
Freya schüttelt den Kopf und lächelt.
„Und wo soll Andrea dann wohnen?"
„Wir werden schon eine Lösung finden." Freya hat keine Lust auf das Thema. Schon gar nicht vor Zeugen.
„Aber ich verkaufe das Haus sicher nicht, Mama. Du wirst eine Lösung für dich alleine suchen müssen."
Tonja schwirrt der Kopf. Schon ihre Oma hat immer gesagt: „Hast du was, dann hast du Sorgen, hast du nichts, dann bist du frei."
„Was hat denn der Spruch mit uns zu tun?"
„Ach, Mama, jetzt sei doch nicht so biestig. Worum geht es denn hier heute überhaupt? Ums Erben?"
Tonja nickt, Ben schüttelt den Kopf. Sophie hält sich an Tonja und erklärt noch einmal kategorisch, dass sie das Haus auf keinen Fall verkaufen wird und dass Andrea Simon hier arbeiten und wohnen kann, solange sie will. Außerdem hätte Walter Zemmler ihr ohnehin ein Wohnrecht auf Lebenszeit eingeräumt.
„Wie bitte? Davon weiß ich ja gar nichts", fährt Freya theatralisch auf.

„Wenn sich alles so entwickelt, dass nur Sie und ich im Haus bleiben würden, dann ziehe ich ohnehin freiwillig aus“, giftet nun auch Andrea Simon zu ihrer Chefin hin.
„Was ist denn hier los? Zickenkrieg pur?“, ertönt Theo Schatzs Stimme von oben und entschuldigt sich auch gleich, in dem Moment, in dem er Tonja und Ben gewahr wird.
„Das geht nun schon seit der Todesmeldung so, müssen Sie wissen. Es wird Zeit, dass Licht in die ganze Sache kommt.“
„Nichts sehnlicher wünschen wir uns das auch“, bestärkt ihn Tonja.
„Können wir nun endlich zur Sache kommen!“, fordert Freya. „Sie wissen nun, dass ich kein Motiv hatte, Walter umzubringen. Was kann ich noch dafür tun, dass Sie endlich wieder gehen und Ihrer Arbeit nachkommen?“
„Wenn ich könnte wie ich wollte, dann würde ich Sie nun wegen Behinderung der Amtsausübung einfach eine Nacht im Gefangenenhaus beherbergen lassen. Keinen guten Tag!“
Ben dreht sich um und geht zur Tür, Tonja hastet hinterher.
„Solche Frechheiten lasse ich mir sicher nicht bieten Kollege! Ich werde mich beschweren!“, wirft Freya hinterher.
„Lassen Sie sich nur nicht beirren. Tun Sie, was Sie nicht lassen können. Aber wundern Sie sich nicht darüber, wenn man aufgrund Ihres Benehmens ganz besonders genau in Ihrem Privatleben herumstochert, Frau Sturm.“
Ben ist froh, dass er von Anfang an im Gespräch mit Freya beim distanzierten „Sie“ geblieben ist und nicht das vertrauliche „Du“ gewählt hat, wie es unter Kolleggen eigentlich durchaus üblich ist.
Und schon fällt die schwere Tür mit lautem Krachen ins Schloss.

„Das war jetzt nicht sehr professionell. Und auch nicht zielführend“, schimpft Tonja, obwohl, wenn sie es recht bedenkt, war der Auftritt perfekt, um direkt in ihren Roman zu fließen. Da kommen Streitgespräche besonders gut an. Sie kann Freya Sturm schon verstehen, aber ihr Benehmen steht ihr wirklich hart im Wege. Wahrscheinlich war auch die Affäre mit dem Professor nicht ganz einfach. Sonst hätte sie das ja ganz locker zugeben können. Sie hätte sogar damit angeben können, jetzt, da ihr Angetrauter ohnehin tot war.

Was stimmt hier nicht? Sie rekapituliert die Fakten:
Walter Zemmler wusste, dass Freya eine Affäre hat.
Er warf aus Rache gleich die ganze Theatergruppe aus dem Probenraum.
Er wusste offensichtlich auch, dass sich die Theatergruppe auf der Gloriette oder auf der Burgruine zum Proben traf und wollte wahrscheinlich einfach einmal sehen, wie das so ablief. Was sollte er sonst dort gewollt haben?
„Was, wenn er nicht die Probe sehen wollte, sondern das Liebesnest entdeckt hat?“, schließt sich Ben Tonjas Überlegungen an.
„Das könnte natürlich auch sein. Er hat die beiden erwischt und sie haben ihn von der Burgmauer gestoßen.“
„Einleuchtende These“, gibt Ben Groß zu, wobei Tonja sehr wohl seinen zweifelnden Tonfall bemerkt.
„Du glaubst nicht wirklich daran?“
Er schüttelt den Kopf, denn wäre Freya wirklich die Täterin, würde sie nicht so selbstsicher agieren, hätte ein besseres Alibi vorbereitet, oder so. Und der Berger ist auch nicht der coole Typ. Auch er ginge anders mit den Ermittlern um, glaubt Ben aus seiner Erfahrung heraus sagen zu können. Obwohl: bei

Berger liegt noch irgendetwas im Dunkeln. Das spürt er und er wird nicht eher ruhen, bis er das Geheimnis ans Tageslicht befördert hat.

Tonja fährt den Kriminalgruppeninspektor zurück in die Landespolizeidirektion in die Klagenfurter St. Ruprechterstraße, um dann selbst ihren Dienst am Taxistand anzutreten.

16

Kaum am Taxistand angekommen, wird sie auch schon gebucht. Sie fährt zur angegebenen Adresse. Da seht ein Mann, der völlig hinter einem riesigen Blumenstrauß versteckt ist, der bereits in einer Vase steckt.
Das geht ja gar nicht. Womöglich verschüttet der das ganze Wasser aus der Vase in ihrem Taxi, sobald sie einmal etwas plötzlich bei einer roten Ampel halten muss, denkt Tonja und steigt aus, um ihm selbiges auseinanderzusetzen.

„Johannes! Was hast denn du vor? Musst du irgendwo eine satte Entschuldigung loswerden? Eines sag ich dir gleich: wenn du in der Vase Wasser hast, kann ich dich nicht mitnehmen, weil wenn du da was verschüttest, das trocknet ewig nicht, bei den aktuellen Temperaturen!"
„Stopp. Stopp. Stopp. Du legst vielleicht ein Tempo vor", wehrt sich der Kriminaltechniker, der einigermaßen Röte im Gesicht aufgezogen hat.
„Die Blümchen sind für dich. Samt Vase und Wasser."
Tonja nimmt den riesigen Strauß und ist völlig überwältigt. Einen derart großen gebundenen Strauß hat sie schon ewig nicht mehr geschenkt bekommen. Nicht, dass es ihr gefehlt hätte. Aber wenn man so ein beeindruckendes Bouquet in Händen hält, ist das schon etwas Besonderes. Auch wenn Sabine zum Beispiel die Nase rümpfen würde, weil sie tote Blumen, sprich Schnittblumen, nicht leiden kann.
„Ja, danke!", bringt sie verblüfft hervor. „Was verschafft mir diesen Luxus?"
„Ach komm, Tonja! Du hast doch mit deiner weiblichen Intuition sicher bemerkt, dass du mir gefällst. Und weil ich mir

das gedacht habe, war ich so frei, dich für den heutigen Abend in der Taxizentrale zu buchen, damit du Zeit genug hast, um mit mir ganz nobel ins Michelangelo essen zu gehen."

Tonja ist hin und weg, aber auch ein wenig überfordert. Sie freut sich, ja. Aber da ist die Verabredung mit Mario. Sie ist im Zwiespalt. Einerseits wäre es mit Johannes sicher harmonisch, nett und durchaus interessant. Aber. Sie will es wissen. Sie will wissen, ob sie es schafft, Mario die Stirn zu bieten. Am Telefon war ihr das ja ganz gut gelungen. Aber so Auge in Auge? Das war schon etwas anderes. Wahrscheinlich.

„Was ist nun? Ja? Nein? Morgen? Nie?" Johannes versteht nicht, was es da so lange zu überlegen gibt. Er tut Tonja leid. Wie kann sie sich hier elegant aus der Affäre ziehen, ohne es sich mit Johannes zu verscherzen?

„Weißt du, ich würde furchtbar gerne mit dir ins Michelangelo. Es ist total süß, dass du dir da solche Mühe gegeben hast, aber…"

„Süß? Ich bin doch nicht süß? Du findest ich bin ein Weichei? Weil ich gerne mit dir essen gehen will, Zeit verbringen will?"

Na, das hast du ja wieder perfekt hinbekommen, denkt Tonja bei sich und versucht das Gespräch zu retten.

„Süß ist in diesem Fall doch nicht negativ, Johannes! Du bist … also ich finde, du bist ein echt cooler Typ, aber ich kann heute nicht. Und überhaupt. Weißt du, ich hasse Überraschungen. Das ist nichts für mich. Ich kann mit sowas nicht umgehen. Überraschungen, so lieb sie auch gemeint sind, ich finde sie furchtbar! So. Und ich muss jetzt!"

Sie schämt sich, dass sie keine einfühlsameren Worte gefunden hat. Aber was soll´s. Sie schaut verstohlen auf ihr Handy. Die Zeit drängt. Sie will nicht zu spät kommen. Sie muss wissen, wie sie weiterhin mit Mario umgehen kann, bevor sie sich

auf eine neue Geschichte einlassen kann – womöglich mit Johannes. Sie braucht klare Fronten. Das muss er doch verstehen.
„OK. Das wusste ich nicht“, kommt es von Johannes ganz geknickt.
„Konntest du ja auch nicht. Und ich verspreche dir das nächste Mal nehme ich mir ganz viel Zeit.“
„Gut. Wann?“ Johannes ist ein Mann der Tat, was Tonja ganz gut gefällt. Und außerdem scheint er nicht nachtragend zu sein. Auch ein positiver Punkt für ihn. Sie schaut ihn lächelnd an und drückt ihm ein Küsschen auf die Wange. Und tatsächlich färben sich dann seine Wangen wieder rot. Süß. Oh. Schon wieder dieses Wort. Gerade hat sie es noch geschafft, es nicht laut herauszulassen.
„Was machen wir jetzt mit der Taxibuchung?“, will Johannes wissen.
Aha, doch ein Sparefroh, schmunzelt Tonja für sich, nimmt es ihm aber nicht übel. Wer will schon Geld für ein nicht stattfindendes Date ausgeben?
„Ich melde mich bei der Taxizentrale zurück und alles ist paletti“, verspricht Tonja, setzt sich ins Taxi winkt ihm noch einmal lässig zu und lässt den Mann samt Blumenstrauß, Vase und verblüfftem Gesichtsausdruck stehen.

17

So. Nun aber nichts wie weg. Schnell gibt sie in der Taxifunkzentrale Bescheid, dass sie nicht mehr buchbar ist und lenkt ihr Auto auf die Süduferstraße des Wörthersees, um im Camp „Weißes Rössl" ihr Mountainbike zu holen, das sie, seit sie es dort im Juli eingestellt hat, noch nie gebraucht hat. Wahrscheinlich wäre es nicht schlecht gewesen, die Kette zu ölen oder so. Sie hat von Fahrradpflege keine Ahnung. Aber Mario hatte in ihren guten Zeiten ein ziemliches Aufheben darum gemacht. Vor jeder fünften Ausfahrt hat er ihre Räder poliert, geölt und auf den richtigen Reifendruck hin überprüft. Schmutz an Kette und Bremsen konnte er überhaupt nicht leiden. Da war er ganz genau. Na ja. Fahren wird es ja noch, hofft Tonja und gibt Gas. Sie wird pünktlich sein.

Ha! Da steht er schon, neben seinem geliebten Volvo XC. Großgewachsen, schlank, muskulös. Die dunklen gelockten Haare einen Tick zu lang, was ihm einen jugendlichen Touch verleiht. Ja, der Mann ist sexy. Ihr Mann!

Hör mit diesen Spinnereien auf, ruft sich Tonja zur Ordnung. Diesem sexy Exemplar wirst du jetzt zeigen, dass er sich nicht alles erlauben kann. Also: Er ist ein spannenlanger Hans, ein bisschen zu muskulös. Ein Zeichen, dass er fürchterlich eitel ist und er es im Fitnessstudio ganz sicher übertreibt – wenn er nicht überhaupt schon zu Anabolika greift, versucht sich Tonja den Mann schlecht zu reden, beziehungsweise schlecht zu denken. Ein ordentlicher Haarschnitt könnte auch nicht schaden. Und diese affige Funktionswäsche ist auch völlig out, seit man weiß, dass man mit jedem Waschgang eine

ordentliche Portion Mikroplastikteilchen auf die Reise in die Gewässer dieser Welt schickt.
Lässig steigt Tonja aus dem Wagen, lässt sich von Mario zwei Wangenküsschen gefallen und hebt ihr Bike vom Fahrrad-Heckträger.
„Na? Wann hast du das letzte Mal trainiert", fragt er mit einem kritischen Blick auf ihr Fahrrad. Natürlich hat er sofort gemerkt, dass der eingetrocknete Schmutz an den Pedalen nicht von vorgestern sein kann, denkt Tonja belustigt.
„Ich habe wenig Zeit, weißt du. Ich bin ja leider keine Schuldirektorin, die zu Mittag schon nach Hause gehen kann", weiß sie sich gegen seine Attacke zu wehren.
„Gnade", lacht er. „Bist du heute mit dem linken Fuß aufgestanden?"
„Sorry. Aber ich habe keine Lust auf deine pingelige Fahrradpflegemanie. Die Zeiten haben sich geändert, mein Lieber!", setzt sie nach.
„Oh! Ich hab doch gar nichts gesagt!"
„Ja. Aber wie du nichts gesagt hast! Das hat Bände gesprochen", bemüht sich Tonja um Heiterkeit. Kaum steht sie ihrem Mann gegenüber, ärgert sie sich über ihn. Sie versteht selbst nicht, warum sie in dieser Weise auf ihn reagiert. Egal, was er sagt, was er nicht sagt, wie er es sagt oder nicht – es macht sie wütend. Sie geht auf Konfrontation. Und er? Er scheint es zu genießen!
„Komm. Lass uns starten", fordert er sie quasi zum nächsten Duell. Sie weiß, dass er keinen Schongang vorhat. Wie immer. Er fordert sie heraus. Bis zur Aufgabe. Worauf hat sie sich da wieder eingelassen? Sie könnte jetzt ganz gemütlich mit Johannes beim Nobel-Italiener sitzen, vor sich Spaghetti mit Gamberi, einen guten Rotwein trinken und danach noch

Profiteroles essen. Egal. Sie muss sehen, dass sie Mario hinterherkommt.

Keuchend bleibt sie in einer Bucht des Forstsees stehen. Lässig lehnt Mario an einem Baum und wartet grinsend auf sie. Na bitte. Sie hat es immerhin geschafft. Mario schaut stirnrunzelnd auf seinen teuren Sport-Chronographen – das schöne Stück war so teuer, dass man es unmöglich einfach „Uhr" nennen kann, meinte die Juwelierin beim Kauf.
„Nicht schlecht. Mit neun Minuten und 33 Sekunden Abstand! Respekt. Aber so lange wie du außer Atem bist, brauchst du dringend Training, meine Süße!"
Jovial lächelnd holt er seinen Rucksack vom Rücken, breitet in aller Ruhe eine Decke auf den Waldboden aus und zaubert ein verführerisches Picknick hervor. Mit Gläsern, Porzellantellern und echtem Besteck. Nicht schlecht. Tonja ist ein wenig beeindruckt.
„Auch: nicht schlecht, lieber Mario! Gibt es etwas zu feiern?"
„Das Leben, die Liebe. Was du willst."
Endlich wieder zu Atem gekommen, wechselt Tonja ihr T-Shirt ganz ungeniert neben ihm. Lauernd beobachtet sie seine Reaktion darauf. Natürlich schaut er. Alles andere wäre ja auch unnatürlich. Sie reibt sich mit zwei Erfrischungstüchern ab und zieht ein frisches Top über.
„Schön wie eh und je, meine Frau!"
„Es ist lieb, dass du das bemerkst. Aber du siehst ja nichts Neues", gibt Tonja zufrieden zurück, während Mario ihr ein Glas Wein hinhält.

Wein, nach der anstrengenden Radtour? Lieber nicht, denkt Tonja. Der steigt ihr ja sofort zu Kopf. Nein, nein. Sie möchte schon die Kontrolle behalten. Sie ist ein gebranntes Kind, was Alkohol und Mario in Kombination betrifft. Unglaublich, wie lange sich diese Geschichte nun hinzieht. Mittlerweile ist es wohl eine Art Spiel geworden, sich einander hinzugeben und dann wieder auf Distanz zu gehen. Und für Tonja hat es sich bisher immer so angefühlt, als ob sie das Spiel immer verloren hat. Aber heute fühlt sich Tonjas Position gut an. Neu. Stark. Sie wird sich nicht mehr verletzen lassen. Sie wird nur mehr genießen. Egal was. Egal wie.

„Zuerst Wasser. Dann von mir aus Wein", erklärt sie. Mario nickt und hält ihr eine Wasserflasche hin. Sie hat selbst eine mit.
„Bist du wieder mit meinem Bruder in Sachen „Verbrecher fangen" unterwegs?"
„Du brauchst dich gar nicht über uns lustig zu machen. Das ist ein knochenharter Job. Ständig wirst du angelogen! Es ist gar nicht so einfach, das immer freundlich wegzustecken und dann darüber nachzudenken, was dir diese Lügen eigentlich doch alles verraten", kontert Tonja und Mario nickt, scheinbar bekümmert.
„Als Lehrer wirst du auch ständig belogen. Da kenn ich mich aus, glaub mir! Jede dritte Krankmeldung ist ein Fake. Und trotzdem musst du so tun, als würdest du dem Kind oder auch den Eltern alles glauben."
„Stimmt. Und dann musst du auch dem Schüler bei der Prüfung ganz neutral oder wohlwollend gegenüberstehen."
„Und? Wie läuft es? Habt ihr den Mörder des Baulöwen schon an der Angel?"
„Du weißt, dass ich darüber nicht reden darf."

„Aber dass der Josef Berger und die Aktuelle vom Zemmler sich auf der Gloriette zum Vögeln getroffen haben, das wisst ihr schon?“
„Danke. So direkt von dir ausgesprochen klingt das nach einem echten Verbrechen.“
„Vögeln im Freien hat schon etwas.“

Aha, daher weht der Wind, durchschaut Tonja ihren Noch-Ehemann.
„Notstand?“, fragt sie ebenso direkt wie frech. Mal sehen, wie er mit dieser Provokation umgeht, denkt sie sich und spürt schon seine Hände da, wo sie eigentlich überhaupt nichts zu suchen haben. Es fühlt sich aber dennoch gut an. Vertraut. Was willst du nun, fragt sie sich. Rache oder Genuss? Sie entscheidet sich für den Genuss, der sich wie erwartet recht zügig einstellt. Ihrer beider Körper verstehen sich einfach blind. Sie knipst innerlich ihre Gedanken aus und gibt sich ganz dem Hier und Jetzt hin.

Es hat sich gelohnt. Zufrieden entledigen sie sich beide ihrer restlichen Kleidungsstücke und stürzen sich in die kalten Fluten. Das prickelt auf der Haut, wie tausend spitze Tannennadeln. Kein Wunder, haben sie sich doch tatsächlich darin am Waldboden gewälzt, die Decke war für ihre Aktivitäten schnell zu klein gewesen.

Wieder festen Boden unter den Füßen hüpft Tonja noch mit nasser Haut wieder in ihre Kleider. Der Moment der Erotik war vorbei, jetzt hat sie wieder einen klaren Kopf.

„Kennst du den Josef Berger näher?“, knüpft Tonja das Gespräch über den Lehrerkollegen wieder an.
„Er ist ein eitler Gockel, der glaubt, dass an ihm ein Burgschauspieler verloren gegangen ist. Zugegeben, er ist nicht schlecht auf der Bühne. Somit auch als Lehrer. Die beiden Berufe sich ja irgendwie miteinander verwandt. Es geht bei beiden darum, den Text möglichst glaubwürdig rüberzubringen.“
„So gesehen stimmt das, ja. Traust du ihm einen kaltblütigen Mord zu?“
Das Gespräch fühlt sich an wie in ihren besseren Tagen, als sie auch alles, was sie bewegte gut miteinander besprechen konnten.
„Der ist schon eher heißblütig. Im Affekt, ja, warum nicht. So kann jeder zum Mörder werden. Unbeabsichtigt. Spontan. In der Emotion.“
„Was da wohl abgegangen ist? Auf der Burgruine?“, denkt Tonja laut nach.
„Ach? Es ist gar nicht auf der Gloriette passiert, sondern dahinter? Die Zeitungen schreiben wieder einen Schmarrn zusammen!“
Es war schon in der Zeitung? Ja, klar. Sie ermittelten ja nun auch schon zwei Tage lang.
„Was ist mir dir?“, Mario mustert Tonja eindringlich.
„Was soll denn sein? Ich glaub, es ist besser wir machen uns wieder auf den Retourweg.“
„Du bist so distanziert. So kalt.“
Ach ja? Tonja setzt ihr Pokerface auf. Schön, dass er es bemerkt, dass sie sich mittlerweile wegen des bisschen Sex keine Hoffnung auf mehr macht. Dass sie nicht bettelnd an ihm hängt, damit er ihr verzeiht, sie wieder in ihr - eigentlich gemeinsames - Heim zurückholt.

„Kalt? Ja, das Wasser war ziemlich kalt, aber erfrischend. So wie mittlerweile unsere Beziehung auch, findest du nicht?"
„Hab ich etwas falsch gemacht? Bist du nicht gekommen? Ich dachte, ich hätte dich heiß genug gemacht?"
Oh. Typisch Mann. Nur auf das Eine fixiert.
„Passt schon. Lass uns wieder fahren", kann es sich Tonja nicht verkneifen, noch ein bisschen auf dieser Welle von Marios Unsicherheit dahinzugleiten.
„Passt schon? Sag einmal, spinnst du? Was glaubst du, wer du bist, mich hier so herunterzuputzen?"
„Ach geh! Nimm´s nicht so schwer, Schatz! Ich fahr jetzt. Du kommst mir dann schon nach", sie schwingt sich auf ihr Rad und schaut, dass sie sich möglichst schnell entfernt.
Nach fünfhundert Metern Fahrt bremst sie abrupt ab, schlägt sich mit der Faust der rechten Hand in die offene linke und bläst stoßweise Luft aus.
„Ja! Tonja, das hast du gut gemacht."
Damit rollt sie locker und gelöst zu ihrem Auto. Schon als sie ihr Bike wieder auf dem Heckträger festschnallt, kommt Mario dazu.
„Soll ich heute Abend noch auf ein oder zwei Gläschen Merlot vorbeikommen", erbietet er seinen Besuch, den Tonja aber abwinkt.
„Ich bin heute bei Sabine eingeladen. Es gibt noch so viel zu besprechen, wie es mit dem „Weißen Rössl" weitergehen soll. Sorry. Ein andermal, vielleicht."
Mario steigt vom Rad, kommt auf sie zu, umarmt sie und küsst sie leidenschaftlich. Sie lässt es zu. Sie küsst ihn zurück. Fühlt in sich hinein. Da sind keine Schmetterlinge. Kein schlechtes Gefühl. Das nicht. Aber die brennende Leidenschaft ist weg. Es tut nicht mehr weh, wenn sie daran denkt, dass hier nicht

mehr als der schöne Moment zu erwarten ist. Keine Zukunft. Nur der Augenblick. Nicht übel. Aber es gibt mehr. Und das, ist ihr auf Dauer zu wenig.

Sie freut sich schon auf ihr kleines Zuhause.

18

Oh, nein! Tonja quält sich aus dem Bett und glaubt jeden einzelnen Muskel zu spüren, selbst da, wo sie keine Ahnung hatte, dass ihr Körper überhaupt welche hat. War das nötig? Ja. Durchaus. Der Schmerz wird vergehen, denkt sie. Und zwar hoffentlich schneller, als der Liebeskummer angedauert hat, den sie wegen ihrem tollen Ehegespons hat erleiden müssen. Bei dem Gedanken lächelt sie sich im Spiegel zu.

Du siehst gar nicht so übel aus, für dein Alter. Sie zwinkert sich gut gelaunt selbst zu und ist stolz auf sich. Endlich ist sie wieder frei! Sie hat zwar keine Ahnung, was sie mit dieser Art von Freiheit anfangen wird. Aber sie tut gut. So. Ab unter die Dusche. Sie liebt es, so lange zu duschen, bis schließlich eiskaltes Wasser auf sie niederprasselt. Von einer plötzlichen Niesattacke gepeinigt, verzichtet sie allerdings darauf so lange zu warten, dreht kurz das heiße Wasser weg, wartet auf die obligate Gänsehaut und hüllt sich dann in ihr flauschiges Duschtuch, das Sabine ihr netterweise ganz frisch und duftend in ihr Minibadezimmer gelegt hat.

Sabine!

Sie hat sicher auch ein feines und üppiges Frühstück für sie. Was wäre sie ohne Sabine, die ihr hier in einem ihrer Mobilehomes Platz eingeräumt hat. Die sie aufgenommen hat, als sie nach einigen Nächten im Taxi nicht wusste, wo sie hätte wohnen sollen. Sabine ist ein Schatz. Und außerdem brauchte nun sie ihre Hilfe. Also, ab in die Jeans, einen warmen Pullover, zweimal mit den Fingern durchs Haar gekämmt und ins Haupthaus des Campingplatzes „Weißes Rössl“.

Dort sitzt man schon bei einem ausgiebigen Frühstück, Bens Tochter Liza, einträchtig mit ihrer besten Freundin, Sabines Tochter Bella, Sabine, Ben und natürlich Bellas schwarze Fundkatze Marie. Argwöhnisch beobachtet Tonja die schwarze Katze und entspannt sich, als diese sich von rechts kommend an die Tischseite heranschleicht, wo die kleine Wurstplatte steht. Göttin sei Dank, es gibt heute kein Unglück, verursacht durch eine schwarze Katze, von links kommend nach rechts gehend. Bella lacht. Sie hat Tonjas Katzenbeobachtung richtig gedeutet.
„Du bist schrecklich kindisch mit deinem Aberglauben! Marie bringt doch kein Unglück!"
Bella schnappt sich sowohl die Katze als auch ein Blatt vom Schinken und verschwindet ins WC.
„Beeil dich, Liza, wir müssen los!", ruft Bella gut gelaunt und wirft sich ihren Rucksack über die Schulter.
„Nicht ohne euer Snackpack", bestimmt Sabine und packt den beiden Mädchen noch eine üppige Schuljause ein. Es wird ruhig.

„Mario meinte gestern, dass Berger ein Heißsporn ist. Gut möglich, dass er im Affekt den Zemmler über die Mauer gestoßen hat", wird Tonja dienstlich.
„Mario? So, so." Ben mustert Tonja aufmerksam, kann aber keine Traurigkeit erkennen, wie sonst, wenn er sie am nächsten Tag nach einem Date mit seinem Bruder traf.
„Alles gut?", fragt er sicherheitshalber nach.
„Alles bestens!", erwidert sie aufgeräumt und er lässt sich liebend gerne davon überzeugen.

„Dann fühlen wir dem Herrn eben noch einmal auf den Zahn. Obwohl ich eigentlich einmal neugierig auf die Frau Berger wäre“, überlegt Ben.
„Wir können ja zur Privatadresse fahren. Was arbeitet denn die Frau Berger, weißt du das?“
„Ebenfalls Lehrerein an derselben Schule. Aber sie genießt zurzeit gerade ein Bildungskarenzjahr. Kann also durchaus sein, dass wir sie zuhause antreffen,“ ist Ben überzeugt.
„Ja, und sonst befragen wir einfach die Nachbarn so ein bisschen, was sie von den Bergers halten und so. Was meinst du?“
Einig in der Sache machen sie sich auf den Weg in den Karawankenblickweg.

19

Tatsächlich öffnet ihnen eine sehr gepflegte blondierte Anfangsvierzigerin im rosa Glitzer-Jogginganzug. Sehr sportliches Paar, denkt sich Tonja schmunzelnd und stellt sie beide kurz vor. Der Kriminaler streckt ihr zur Begrüßung die Dienstmarke entgegen, worauf sie ins Haus gebeten werden. Bevor Frau Berger die Tür schließt schaut sie hinaus, blickt nach links und nach rechts, kontrolliert, ob irgendein Nachbar womöglich etwas mitbekommen haben könnte. Alles ist ruhig.

„Sind wohl alle bei der Arbeit?“ gibt sich Ben freundlich.

„Ich bin in Bildungskarenz“, entschuldigt sie ihr Hiersein. „Ich vertiefe meine Sprachkompetenz in Latein.“

Latein! Die will sich wohl mit Asterix treffen, denkt Tonja spöttisch. Die Frau in ihrem Pink-Rosa-Glitzer-Dings kommt ihr nicht ganz erwachsen vor, trotz ihres Alters. Na ja. Wem´s gefällt, der übt sie sich in Toleranz.

Nachdem sie in der Küche Platz gefunden haben, Kaffee aufgetischt ist, setzt sich auch Frau Berger zu ihnen.

„Was kann ich für Sie tun?“ Das klingt mehr nach Telefonistin bei einem Versandhaus denn nach einer Lateinprofessorin. Aber bitte, immerhin ist die Frau freundlich und offensichtlich bereit zur Kooperation. Zwischenzeitlich kennt man ja auch andere Zugänge, überlegt Tonja, während Ben der Dame des Hauses auseinandersetzt was passiert ist und warum sie nun hier sitzen.

„Ach, wissen Sie, das Theater mit dem Theater! Das geht ja nun schon seit Jahren so. Und wenn Sie glauben, dass ich nicht weiß, dass Josef etwas mit der Freya hat, dann halten sie mich für dümmer als ich bin. Es gibt nichts Peinlicheres, als wenn die Ehefrau so tut, als wüsste sie von nichts. Nein, nein, das spielt es bei mir nicht."

„Und es macht Ihnen nichts aus?"

„Ach wissen Sie, nach bald zwanzig Jahren Ehe, da zählen andere Werte."

„Ach ja?" Ben horcht sie aus. „Zum Beispiel?"

Tonja schaut aus dem breiten Panoramafenster, aus dem man einen exklusiven Pool samt Überdachung und Poolhäuschen sieht, angebaut an eine breite Terrasse, die auch nicht von schlechten Eltern ist. Wohin man schaut, alles teuer und dem schönen Leben geschuldet, urteilt Tonja und macht eine entsprechend ausladende Handbewegung.

„Genau. Sie haben es erfasst", plaudert Greta Berger munter weiter. Wir haben aus Josefs bescheidenem kleinen Elternhaus eine bezaubernde Villa gemacht. Das wirft man nicht wegen ein bisschen Fremdgehen weg, nicht wahr, Schätzchen?"

Sie sucht Bestätigung bei Tonja, die pflichtschuldigst nickt. In ihrer Unbekümmertheit und dem leichten Konversationston scheint sie völlig unverdächtig. Allerdings erscheint die noble Villa doch etwas über den Einkommensverhältnissen eines Lehrer-Ehepaares zu liegen. Denn Josef Berger kommt, wie seine Frau soeben erzählte, aus bescheidenen Verhältnissen. Und sie selbst?

„Ach wissen Sie, ich bin ja in einem gutbürgerlichen Elternhaus aufgewachsen. Nichts Großes, aber einen gewissen Standard bin ich schön gewöhnt. Und darauf bin ich auch nicht gewillt zu verzichten."

Dieses „Ach, wissen Sie" vor jedem Gesprächsansatz geht Tonja auf die Nerven. So ein Getue!

„Woher wissen Sie eigentlich von der Affäre?“, entfährt es Tonja. Sie hat Lust, in der Wunde zu bohren und will einfach noch einmal überprüfen, ob die Frau Professor wirklich so abgebrüht ist, wie sie tut. Greta Berger ist irritiert. Offensichtlich dachte sie, dass sie das Thema durch ihr offensives Verhalten vom Tisch gewischt hat.
„Ach, wissen Sie, ich bin keine, die ihrem Ehemann blind vertraut. Hin und wieder fahre ich ihm einfach nach, wenn er wieder einmal einen Termin hat, den ich nicht nachvollziehen kann. Ich hatte ja schon den Verdacht, dass er womöglich etwas mit einer Schülerin angefangen hat. Das könnte ich nicht so leicht tolerieren. Aber Freya. Mein Gott, die ist ja glaub ich sogar älter als ich!“
„Sie bespitzeln Ihren Mann also? Kann es sein, dass er Streit mit dem Mann seiner Geliebten hatte?“
„Ach wissen Sie, das glaube ich nicht. So einer ist der Josef nicht. Streit geht er prinzipiell aus dem Weg. Nein. Er läuft regelrecht davon.“
„Ich habe aber gehört, er wäre ein Heißsporn“, hakt Ben nach.
„Heißsporn?“ Greta lacht gekünstelt. „Ach wissen Sie, das würde ich mir wünschen ja. Aber nein. Das heißt, natürlich, so im ersten Moment des Ärgers ist er schon schnell auf hundertachtzig. Aber das legt sich, sobald er vom Gegenüber Widerstand spürt. Ich kann mir nicht vorstellen, dass Josef den Zemmler … Aber es heißt ja immer, jeder kann zum Mörder werden, wenn es die Umstände erfordern, nicht?“
Was war das denn jetzt, fragt sich Tonja. Hat diese Schnepfe jetzt gerade ihren Mann beschuldigt?
„Apropos bespitzeln. Ja, ich bespitzle meinen Mann. Und wissen Sie auch warum? Ich wollte einfach sehen was er macht, wenn ich nicht dabei bin. Ich wollte prüfen, wie weit er mit

seiner Seitenspringerei geht. Ich wollte wissen, ob unsere Ehe noch eine Chance hat! So. Jetzt wissen Sie das auch noch."
Der Ton von Greta ist im Laufe ihrer Ausführungen immer aggressiver geworden. Sie ist also doch nicht so cool, denkt Tonja als es an der Tür läutet. Nervös schaut Greta auf ihre Uhr und läuft zur Eingangstür um zu öffnen.
In der Küche hört man nur aufgeregtes Gemurmel. Ben deutet Tonja, dass auch sie beide jetzt aufbrechen. Er ist neugierig, was Frau Berger da für ein Geheimnis hütet. Als die beiden in den Vorraum kommen, schließt Frau Berger gerade die Tür.

„Wir sind dann auch soweit, Frau Berger. Danke für Ihre bereitwilligen Auskünfte. Es kann sein, dass wir noch die eine oder andere Frage haben und wiederkommen. Wer war denn dieser Besucher?"
„Ach wissen Sie, nur ein Lieferant."
„Was hat er denn gebracht?", Ben schaut sich um und kann keine Lieferung entdecken.
„Er hat nur Bescheid gegeben, dass er am Nachmittag liefern wird", kommt eine fadenscheinige Antwort von einer überaus verlegen dreinschauenden Greta Berger.
„Ihr Lover, oder?", Tonja findet, es ist Zeit für klare Ansagen, bekommt aber leider keine Antwort.
Mit einem Händeschütteln schlüpfen die beiden schnell hinaus und Tonja macht ein Handyfoto von dem gerade wegfahrenden Wagen.

20

Gerade in dem Moment, als die Ermittler ins Auto steigen, kommt Josef Berger nach Hause. Also steigen sie wieder aus.
„Sie schon wieder“, werden sie vom Professor empfangen.
„Ja, wir freuen uns auch, dass wir Sie nun doch noch antreffen“, nimmt Ben den Faden auf.
„Gut, gehen wir ins Haus. In mein Arbeitszimmer. Sie haben mit meiner Frau gesprochen?“
Na, das scheint dem Herrn ja nicht zu schmecken, grinst Tonja in sich hinein. Wahrscheinlich hat er Angst, dass wir seiner Frau von seiner Affäre erzählt haben. Sie freut sich schon auf sein Gesicht, wenn er erfährt, dass seine Frau schon längst davon weiß. Tonja findet, treulose Ehemänner sind das Letzte.
An der telefonierenden Greta vorbei, werden sie nun ins Arbeitszimmer des Lehrers gelotst. Auch hier alles vom Feinsten. Echtholzmöbel. Es riecht nach Harz. Gut. Am Schreibtisch stapelt sich jede Menge Papier. Hefte. Textbücher. Die weiße Wand hinter der gemütlichen Sofaecke ziert ein großes Landschaftsbild eines heimischen Malers.
„Ein Ernst Gradischnig. Das ist die Insel Pag. Er malt dort gerne vor Ort. Ich mag diese kroatische Insel auch sehr gerne. Wir waren dort auf Hochzeitsreise“, erklärt der Hausherr. Ben nickt scheinbar beeindruckt. Tonja betrachtet eine rohe Skulptur.
„Kirschholz. Alexander Kandut. Ein heimischer Bildhauer.“
„Sie sammeln?“ Tonja wirkt interessiert.
„Nein, das sind die einzigen echten Kunstwerke. Aber wer weiß, vielleicht kommt noch das eine oder andere dazu“, lacht Berger stolz.

„Wollten Sie sich eigentlich scheiden lassen?“, Ben fackelt nicht lange. Sie halten sich schon viel zu lange an dieser Adresse hier auf.
Bergers Blick zuckt hoch, unwillkürlich legt er den Zeigefinder an seine Lippen.
„Sie glauben wirklich, Ihre Frau weiß nicht, dass Sie sie bescheißen?“ legt Tonja nach.
Berger ist ehrlich überrascht.
„Was? Ja? Nein! Ich will mich nicht scheiden lassen. Auf keinen Fall. Und Greta auch nicht, das weiß ich. Auch wenn sie ständig irgendwelche Affärchen hat.“
„Ihre Frau also auch?“
Die beiden sind ja ein entzückendes Paar. Aber das ist ihre Privatsache. Und wenn sich beide außerehelich das holen, was sie brauchen, dann ist auch klar, warum Greta Berger so abgebrüht reagieren konnte, kombiniert Tonja. Dann gibt es das Motiv Eifersucht eigentlich nicht wirklich. Wahrscheinlich verschwenden sie hier ihre Zeit.
„Und Sie wissen auch, mit wem sich Ihre Frau zurzeit trifft?“ Ben will es wieder einmal ganz genau wissen. Was soll uns das jetzt bringen, fragt sich Tonja. Doch Ben ist hier der Profi. Er wird wohl seine Gründe haben. Außerdem weiß sie, dass er einfach ein gründlicher Ermittler ist, der jeder Spur nachgeht. Bei ihm stimmt der TV-Krimispruch „Wir ermitteln in alle Richtungen“ wirklich.
„Ja, sicher. Aktuell ist es der Stefan Sommer, ihr Fitnesstrainer. Der vögelt alles, was nach Geld aussieht.“
„Darf ich Ihnen eine ganz private Frage stellen, Herr Professor?“ Tonja muss es wissen. Das ist wichtig für ihre spätere Romanfigur.

„Fragen dürfen Sie mich alles, mein Fräulein! Ob ich antworte, werden wir sehen“, kommt es gönnerhaft.
Hat der jetzt wirklich „mein Fräulein“ gesagt? Wie überheblich und altbacken ist das denn?
„Wenn Sie beide auf außereheliche Partner abfahren, warum lassen Sie sich nicht einfach scheiden? Das wäre doch viel einfacher!“
Berger überlegt kurz und lächelt.
„Mein liebes Fräulein, um das zu verstehen, sind Sie wahrscheinlich einfach noch zu jung. Ich lasse mich doch nicht scheiden und verliere dann mindestens die Hälfte meines Vermögens! Das Haus wäre ich auf jeden Fall los. Und bitte, das ist schließlich mein Elternhaus. Das gebe ich sicher nicht her. Und ich weiß, dass es auch Greta nicht hergeben will. Das hieße also >Rosenkrieg<. Das erspare ich mir lieber. Und außerdem mag ich meine Frau ja.“
„Sie mögen Ihre Frau?“ Gut, es geht sie wirklich nichts an und der Mann scheint was er sagt tatsächlich auch zu glauben.

„Können Sie sich vorstellen, dass Ihre Frau etwas mit dem Tod von Herrn Zemmler zu tun haben könnte?“, kommt Bens obligate Frage.
Berger überlegt. Relativ lange. Ben und Tonja beobachten seine Mimik ganz genau. Es arbeitet in Bergers Gesicht. Warum sagt er nichts. Er müsste es doch ganz spontan verneinen. Oder weiß er etwas, womit er hinter dem Berg hält? Hat er etwas gesehen? Erpresst er den Mörder? Oder die Mörderin?
„Aber nein. Wie soll denn so ein zierliches Persönchen etwas gegen einen Mann wie Zemmler ausrichten? Außerdem geht meine Frau nicht mehr allein aus dem Haus, sobald es dunkel

ist. Ich kann mir nicht vorstellen, dass sie am Abend auf die Gloriette geht. Nein."
„Haben Sie oder Ihre Frau einen Vorteil durch den Tod des Baumeisters?"
„Was soll ich denn für einen Vorteil haben? Ich kannte den Mann doch gar nicht, also nicht persönlich!", wird der Hausherr plötzlich laut.
Jetzt kommt also doch der Heißläufer zum Vorschein. Doch warum rastet er denn bei so einer ganz harmlosen Frage so aus? Tonja ist sich sicher, der Mann hat etwas zu verbergen. Ganz sicher.
„Warum regen Sie sich denn so auf?", beschwichtigt der Kriminalgruppeninspektor. „Wir tun hier nur unsere Arbeit. Wir müssen Sie solche Dinge fragen, Herr Professor!"
„Ja, ich weiß ja. Aber das klang gerade eben schon sehr nach Verdächtigung!"
„Hat Frau Sturm Ihnen gegenüber jemals davon gesprochen, dass Sie sich von Ihrem Mann trennen wollte?"
„Nein. Hat sie nicht."
„Aber ist es nicht so, dass Frau Sturm ein Appartement in der Stadt gemietet hat?"
„Ja. Das stimmt. Wo sollte sie denn auch hin, nachdem er sich so schändlich benommen hat und die Theatergruppe auf die Straße gesetzt hat."
„In ein Hotel? Gleich ein Appartement zu mieten klingt nach längerfristiger Planung."
„Sie wollte ihn bestrafen. Man reagiert doch nicht so über, nur weil man glaubt, dass die Frau eine Affäre hat! Wohlgemerkt: er hat nichts von uns gewusst! Er hatte nur so ein Gefühl. Eine Ahnung. Aber keinen Beweis!"

„Und warum das Liebesnest auf der Burgruine? Wenn es doch ein Appartement gab?“
Tonja freut sich schon darauf, das alles in ihren Roman zu verpacken.
„Weil… weil … ja, was weiß denn ich! Freya findet Sex in der Natur eben spannender.“
Klar, überlegt Tonja, ist auch unverbindlicher. Dann bleibt das Appartement von der Affäre unbelastet. Keine neugierige Nachbarin kann etwas mitbekommen. Kein eventuell vor der Tür wartender Detektiv kann Fotos schießen. Unkomplizierter Sex nach der Probe. Ja, das kann sie sich bei der Frau gut vorstellen. Das passt. Kühl. Berechnend. Einfach nur reine Leidenschaft. Oder Chemie pur. Triebgesteuert. Keine Verpflichtungen. Keine Liebesschwüre. Nichts Kompliziertes. Keine Gefühle.
„Sind bei Ihnen Gefühle im Spiel?“, will sie es noch bestätigt wissen.
„Gefühle! Meine Güte. Klar sind Gefühle dabei, sonst funktioniert ja bei euch Frauen das mit dem Sex angeblich nicht“, wird der Mann schon wieder ungehalten. Sehr schnell geht das bei ihm. Tonja kann es sich vorstellen, dass er im Affekt jemanden angreift. Da kann dann natürlich schon auch ein blöder Unfall passieren.
„Wer weiß, ob Sie da richtig liegen, bei Frau Sturm“, wehrt sie sich.
„Waren Sie eifersüchtig auf Herrn Zemmler?“ Ben schlägt in dieselbe Kerbe. „Wollte sie zu ihm zurück und das hat Sie gekränkt? Haben Sie ihn deshalb von der Burgmauer gestoßen?“
„Sie sind ja völlig übergeschnappt! Jetzt aber raus hier“, wird er laut, reißt die Tür seines Arbeitszimmers auf, geht zur

Haustür und reißt auch diese auf. Greta schließt die Küchentür lautstark.
„Kommen Sie erst dann wieder, wenn Sie irgendwelche Beweise gegen mich haben. Tun Sie Ihre Arbeit und finden Sie den Mörder und hören Sie endlich auf, unbescholtene Bürger zu belästigen!“

So sind Tonja und Ben auch noch nie behandelt worden. Vor der Tür schauen sich an und prusten lauthals los.

„Jetzt haben wir uns aber eine ausgiebige Mittagspause verdient, was?“ Ben grinst und bittet Tonja, ihn ins „Weiße Rössl“ zu chauffieren.

21

Wie das duftet. Tonja fühlt sich in ihre Kindheit zurückversetzt.

„Lass mich raten. Das ist … du hast Käsnudel gekocht, stimmt`s", fragt sie Sabine, die gerade ein paar Teller auf den Tisch stellt, weil sie die beiden vom Küchenfenster aus schon aufs Haus zugehen gesehen hat.

„Mit brauner Butter! Ich liebe es", schwärmt Tonja und ist als erste bei Sabine, um ihr einen Wangenkuss zur Begrüßung zu geben. Bens Begrüßung fällt eine wenig aufwändiger aus.

„Wir sollten hier nichts anbrennen lassen", räuspert sich Tonja in Erwartung des frugalen Mahles. Sie hat sich schon ein paar Bissen vom Endiviensalat stibitzt.

„Die Mädchen werden auch gleich heimkommen", erklärt Sabine die fünf Teller am Tisch. „Aber wir können schon einmal beginnen, die ersten Käsnudel sind schon fertig für euch.

„Seid ihr einen Schritt weitergekommen?"

Ben brummelt ein wenig vor sich hin, schließt dann kauend die Augen und lässt sich in seinem kulinarischen Genuss nicht stören. Tonja fasst die Ergebnisse des Vormittags kurz zusammen. Am Ende haben sie noch keinen Durchbruch geschafft. Alles lose Puzzleteile, die nicht zueinander zu passen scheinen.

„Mami stimmt das, dass du unseren Campingplatz verkaufen willst?"

Bella platzt lauten Schrittes in die Küche und wirft ihren Schulrucksack auf die Eckbank. Hinter ihr kommt auch schon Lisa.

„In der Schule hat der Niko die Bella gefragt und gemeint, dass sein Vater sowieso alles krallt, was es am See irgendwie zu haben ist. Und wenn es nichts gibt, dann sorgt er dafür, dass die Betriebe, deren Grundstücke er haben will, pleite gehen."

„Jetzt wird erst einmal in Ruhe gegessen", fährt Ben dazwischen, der einen verzweifelten Blick von Sabine aufgefangen hat.

„Ich weiß es noch nicht, Bella. Das Angebot vom Waldmeier ist nicht schlecht. Soviel können wir mit dem Campingplatz im ganzen Leben nicht verdienen", setzt Sabine zu einer halbherzigen Erklärung an.

„Ich dachte, wir helfen alle zusammen und schauen, dass wir das >Weiße Rössl< in der Familie behalten können", wirft Tonja ein.

„Ich bin ohnehin nicht vom Verkauf überzeugt. Allein schon wegen der Präpotenz, mit der diese Leute glauben alle Rechte für sich gepachtet zu haben.", gibt sich Sabine unschlüssig.

„Die pachten nichts. Die kaufen auf. Auch die Rechte", schimpft Tonja, der das ganze Anwesen sehr am Herzen liegt. Es ist so unbeschreiblich wunderschön hier. Der Ausblick ist genial. Der Platz ist abgelegen, ruhig und hat unten am See noch eine große Wiese als unberührten Strand. So ein Kleinod darf nicht auch noch mit irgendwelchen Betonklötzen zugebaut werden. Das ganze Südufer des Wörthersees ist schon mit dieser das Auge beleidigenden Allerweltsarchitektur zugepflastert. Keine Rede mehr von der einst so berühmten Wörthersee-Architektur. Man muss nicht in alten Traditionen verbleiben, findet Tonja. Natürlich kann auch die Wörthersee-Architektur weiterentwickelt werden. Aber nicht so, wie es in den vergangenen fünfzehn, zwanzig Jahren geschehen ist. Einheitsbrei-Appartements, die bis auf zwei, drei Wochen im Jahr leer stehen. Geisterburgen der Neuzeit! Und als hier

lebende Person findet man kaum mehr einen frei zugänglichen Badeplatz. So darf es nicht weitergehen.
„Wahrscheinlich hast du Recht, Tonja“, seufzt Sabine. „Aber die Aussicht darauf, sich nie wieder Sorgen um das liebe Geld machen zu müssen, ist schon mehr als verlockend.“
„Und was ist, wenn plötzlich die Finanzblase platzt und das Geld nichts mehr wert ist?“
Alle schauen erschrocken zu Lisa, die gerade ausgesprochen hat, was sich Tonja gedacht hat.
„Was weißt denn du über die Finanzblase“, horcht Ben interessiert auf. Dass ein knapp fünfzehn Jahre altes Mädchen solche Gedanken hat, verblüfft alle.
„Wir haben gerade in der Schule darüber diskutiert. Dass es passieren kann, dass Geld plötzlich abgewertet wird. Weil die Banken schon lange mehr Geld gedruckt haben, als es reale Gegenwerte dafür gibt.“
„Gold zum Beispiel“, ergänzt Bella.
„Ihr seid ja gut informiert“, freut sich Ben und schaut seine Lebensgefährtin erwartungsvoll an.
„Aber das ist doch alles nur blöde Angstmache“, schiebt sie die aufkeimende Sorge weg. „Außerdem könnten wir ja eine neue Immobilie kaufen, etwas, das gut in Schuss ist. Das Geld abwirft“, gibt sich Sabine geschäftstüchtig.
„Dann kannst du aber auch das hier einfach behalten und wir helfen wie vereinbart zusammen, damit die Bude wieder besser läuft. Campingurlaub ist wieder stark im Kommen. Und so ein wunderschönes Plätzchen bekommst du um kein Geld der Welt mehr“, verspricht Tonja noch einmal ihre Unterstützung.

„Stimmt. Die schönsten Plätze sind vergeben. Schon lange“, bekräftigt Ben. „Und meistens mit genauso alten Häusern drauf, wie wir hier eines haben.“

„Gut. Ich will ja eigentlich auch gar nichts hergeben. Aber wir müssen uns wirklich einmal hinsetzen und konkrete Pläne machen. So kann es nicht weiter gehen“, erklärt Sabine zu aller Erleichterung.

„Und jetzt wird eine Flasche Schampus geköpft und auf diese Entscheidung angestoßen!“

Während Bella im Wohnzimmer eine alte Vinylplatte von den Rolling Stones auflegt, schenkt Sabine Prosecco in fünf Sektgläser ein – für die Mädchen nur einen Fingerhut voll, dafür umso mehr Erdbeersaft. Schwungvoll wird angestoßen und schon starten sie eine wilde Party – am helllichten Tag. Tonja genießt es, beim Headbangen so richtig loszulassen und fühlt sich völlig frei. Ben und Sabine tanzen wild miteinander, unterbrochen von Küssen und die beiden Mädchen fotografieren das ganze Geschehen und posten schließlich „Kein Ausverkauf am Wörthersee! Wir halten durch.“

22

Da Ben sich am Nachmittag um die Aufarbeitung aller bisherigen Protokolle kümmern muss und einige Besprechungen zu absolvieren hat, nimmt sich Tonja ihren Laptop vor, gönnt sich ein Gläschen Brunello und setzt sich an ihren zweiten Krimi.

Sie genießt die Ruhe. Vom Infrarot-Paneel strahlt wohlige Wärme ab. Sie blättert in ihren Notizen, hört die Aufnahmen auf ihrem Handy ab. Sie zückt ein neues Krimiheft, wie sie es sich vorgenommen hat, immer zu tun, sobald sie mit einer neuen Geschichte beginnt. Hier kommen alle Gedanken, Ideen und Recherchen zu einem Projekt hinein. Liebevoll schreibt sie den Arbeitstitel vorne drauf „Das kleine Schloss am Wörthersee – Krimi am Wörthersee II“. Auf die erste Seite schreibt sie als Titel: Was ist passiert? In ihrer schönsten Schrift. Sie fühlt sich an ihre Schulzeit erinnert. Auch damals begann sie jedes Schulheft in ihrer schönsten Schrift. Mit bunten Überschriften. Unterstrichenen Merkwörtern. Tonja fühlt, wie ihre Gehirnwindungen beginnen zu arbeiten. Vom Kopf über den Arm in die Hand, den Stift und aufs Papier. Immer schon hat Tonja am besten auf diese Art und Weise denken können, nachdenken. Zusammenhänge erarbeiten. Verknüpfungen herstellen. Unter den Titel schreibt sie „Eine Frau ist nach einem Unfall spurlos verschwunden“. Alles weitere wird sich anhand der handelnden Charaktere ergeben.
Ein paar Seiten weiter markiert sie die Seite mit einem grünen Post-it, das sie mit der Aufschrift „Figuren“ bezeichnet. Sie notiert die beteiligten Charaktere samt deren markantesten Eigenschaft. Nein. Hier wird nichts in Stein gemeißelt. Es ist nur

ein Entwurf. Die Figuren entwickeln beim Schreiben durchaus auch ein Eigenleben, das aber von der Autorin dann doch streng überprüft werden wird.
Tonja liebt diese zweite Phase nach dem Recherchieren. Alles ist noch offen, vieles hat Platz.

Das Klingeln ihres Mobiltelefons reißt sie aus diesen erquicklichen Gedanken. Sie lässt es läuten. Es hört nicht auf. Ignorieren? Ja, sie nimmt es sich vor. Schaut wieder ins Heft auf die Namen ihrer Romanfiguren. Das Anrufsignal bohrt sich weiter in die Stille hinein. Sie schielt auf das Display. Mario. Soll sie rangehen? Sie entscheidet sich dagegen. Aber warum? Mittlerweile ist sie ja ohnehin aus ihrer Konzentration. Wenn sie das Gespräch nicht entgegennimmt, wird sie die Neugier plagen, was er von ihr gewollt haben könnte. Sie nimmt das Handy um den Anruf entgegen zu nehmen. Es ist verstummt. Mist. Soll sie zurückrufen? Nein. Wenn Mario etwas von ihr will, soll er einfach noch einmal anrufen. Dann wird sie auch ans Telefon gehen, verspricht sie sich selbst.

Sie nimmt wieder ihren Bleistift zur Hand, um weitere Figuren zu entwickeln und in ihr Heft zu schreiben. Verstohlen schaut sie zu ihrem Smartphone. Es bleibt stumm. Sie kann sich nicht mehr auf ihr Tun konzentrieren. Gut. Dann ruft eben sie an. Sonst muss sie vor Neugier womöglich sterben, denkt sie. Da klingelt es schon. Wieder ist es Mario. Sie lässt ihn ein wenig warten, bis sie mit einem gelangweilten „Hallo“ abnimmt, um ihm zu suggerieren, dass sie gar nicht auf das Display geschaut hat, um zu sehen wer anruft.

„Süße! Wo warst du denn? Ich hab schon einmal versucht, dich zu erreichen. Rufst du neuerdings deine Anrufer nicht mehr zurück?"
„Ach, du bist es. Entschuldige. Ich war so ins Schreiben vertieft."
„Ach? Du schreibst also wieder? Na, dann will ich nicht weiter stören."
„Du hast bereits gestört. Also? Was willst du?"
„Na, ein bisschen freundlicher könntest du schon sein! Meinst du nicht? Schließlich hab ich dir nichts getan!"
„Jetzt sei nicht gleich eingeschnappt. Du bist doch sonst nicht so empfindlich", rügt Tonja ihren Noch-Ehemann.
„Ich wollte dich fragen, ob ich heute Abend auf ein Gläschen vorbeikommen soll, wie wir es gestern besprochen haben. Und ob ich noch etwas mitbringen soll? Vielleicht können wir gemeinsam kochen?"
Wie lange hat sie darauf gewartet, dass Mario sie umwirbt. Ihre Nähe sucht. In diesem Ton mit ihr spricht. Und jetzt? Sie horcht in sich hinein.
„Bist du noch dran?"
Jetzt geht er ihr ein bisschen auf die Nerven. Sie hat sich ans Alleinsein gewöhnt. Sie braucht ihn nicht mehr. Zumindest nicht täglich!
„Mario, sei mir nicht böse, aber wir haben ja gerade erst gestern gevögelt. Kein Bedarf, heute."
„Wie bitte? Was redest du denn da? Ich wollte dir doch nur ein bisschen Gesellschaft leisten!"
„Mario! Erzähl keine Märchen. Du bist nicht an mir interessiert! Meinst du, dass ich das nicht merke? Du fragst nicht nach mir, nach meinem Tagesablauf, wie es mir geht, was ich so mache, denke, fühle. Du willst einfach nur eine schnelle

unkomplizierte Nummer schieben. Ohne weitere Verpflichtungen. Schließlich sind wir ja noch verheiratet. Rein, raus und weg. Danke! Wie schon gesagt: Kein Bedarf! Vielleicht ein anderes Mal!"

„Bist du komplett deppert! Sei doch froh, wenn noch einer was von dir will!"

Damit legt sie auf. Es fühlt sich gut an. Sie hat endlich gesagt, was sie sich schon so lange gedacht hat, aber nie auszusprechen wagte. Warum eigentlich. Weil sie keine Tür zuschlagen wollte? Weil sie immer noch darauf gehofft hatte, dass sie ihre Ehe irgendwie doch noch retten würden. Aber soviel hat sie mittlerweile auch gelernt: Das wird nicht mehr. Dazu ist viel zu viel zwischen ihnen passiert. Das ist die reine und grausame Wahrheit. Es ist keine Liebe mehr übriggeblieben. Sie ist sich sicher. Niemals soll sie irgendjemand wieder so behandeln. Niemals!

„Ich werde die Scheidung einreichen", sagt Tonja laut vor sich hin.

„Ich werde die Scheidung einreichen", wiederholt sie den Satz, stellt das Handy auf Sprachaufnahmemodus und wiederholt den Satz noch einmal.

„Ich werde die Scheidung einreichen!"

Sie hört sich den Satz an. Wieder und wieder. Sie nickt und googelt nach einem Scheidungsanwalt und notiert sich die Telefonnummer.

Sie lehnt sich zurück. Lächelt. Und ruft Johannes Ernsts Nummer auf.

„Hej, Johannes! Lust auf einen Ausflug ins Fitnessstudio? Heute nach Dienstschluss?"

„Ins Fitnessstudio? Ja. Sehr gerne! Wenn du meinst, dass ich das nötig habe.“ Er ist hörbar irritiert, will sich aber eine Verabredung mit Tonja auf keinen Fall entgehen lassen.
„Ich mag da nicht alleine hingehen.“
„Ach so. Ich dachte, du fragst mich, weil du Zeit mit mir verbringen willst.“
„Ja. Natürlich. Das natürlich auch. Und weil ich deinen muskulösen Körperbau endlich begutachten will“, versucht Tonja ihn zu beruhigen. „Sonst könnte ich ja genauso gut mit meinem Schwager dahin gehen“, wird Tonja ob der mimosenhaften Art ein wenig ungeduldig. Das braucht sie! Einen Mann, der wegen jeder kleinen falsch formulierten Aussage gleich beleidigt ist! Nein. Echt!
„Du willst dort recherchieren? Da bin ich dir doch sicher nur im Wege!“
„Machst du jetzt wirklich einen Rückzieher? Das hätte ich nicht von dir gedacht. Aber ganz wie du willst, lieber Johannes. Dann rufe ich doch den Herrn Kriminalgruppeninspektor an.“
„Nein, nein. Natürlich komme ich mit. War nur ein Scherz. Aber danach gehen wir auf eine Pizza ins Ciao Ciao in Techelsberg. Versprochen?“
Na also! Geht doch. Sie nennt ihm noch Namen und Adresse des Studios und legt auf.

Mit diesem Date in Aussicht, widmet sie sich wieder entspannt ihrer Schreibarbeit.

23

„Was willst du denn hier recherchieren", empfängt sie Johannes nach den Begrüßungsküsschen vor dem Portal des Fitnessstudio Sommer.
„Versprich mir, dass du darüber absolutes Stillschweigen behältst, ja!", schwört Tonja ihren Quasi-Kollegen ein.
„Geh, bitte. Ich bin doch mit im Team! Von mir erfährt keiner etwas.", beteuert er und ist nur noch neugieriger geworden.
„Ben weiß nichts von meinem Alleingang hier, erklärt sie flüsternd und Johannes muss über ihren Eifer lächeln. Tonja erklärt, dass Stefan Sommer, der Betreiber dieses Fitnessstudios der Loverboy von Greta Berger ist. Er war es, der bei ihrem Besuch am Vortag an der Tür von ihr abgewimmelt worden ist und den Ermittlern als Lieferant serviert worden war. Von wegen. Tonja konnte dem davonfahrenden Wagen noch nachfotografieren. Und zum Glück macht ihr Handy so tolle Fotos, dass sie in der Vergrößerung noch die Firmenaufschrift hat entziffern können. So gut. So einfach. Die Bestätigung für die Beziehung der beiden lieferte dann der Ehemann, Josef Berger.

„Warum kommst du ohne Ben her?"
„Der ist mit Arbeit, Terminen, Besprechungen und Papierkram bis über die Halskrause eingedeckt. Ich will ihm einfach etwas abnehmen. Und der Sommer ist nur ganz ein harmloser Zeuge und sicher kein potenzieller Täter, also Mörder", ist sich Tonja ihrer Sache sicher.

Nach den ganzen Formalitäten im Studio sind sie beide ganz offizielle Fitness-Schnupperbuddys, schwingen sich nebeneinander aufs Laufband und gehen es erst einmal ganz gemütlich an. Tonja behält den Empfangstresen im Auge und hofft darauf, dass der Chef hier irgendwann auftaucht. Da auf der Wand hinter dem Tresen alle Teammitglieder mit Foto und Namen präsent sind, weiß sie, wie dieser Stefan aussieht. Nicht schlecht. Muskulös, klar. Aber nicht so vordergründig protzig aufgeblasen. Scheinbar Muskeln, die er sich ohne Anabolika antrainiert hat. Offener Blick, markante Gesichtszüge. Fesch. Ja, so einen stößt man nicht von der Bettkante, denkt Tonja und schilt sich gleich selbst, was sie da für Gedanken hegt. Sie kennt den Mann doch gar nicht. Vielleicht ist er präpotent? Dumm? Fad? Was weiß man schon? Oder er hat eine ganz hohe Stimme, die nicht zu seinem Körper passt. Oder er …

„Da, ist er das"? Johannes deutet auf einen großen Dunkelhaarigen, der aus dem Yogaraum kommt.

Yoga? Der Mann gibt Yoga-Unterricht?

Tonja findet ihn auf der Stelle zum Anbeten und hofft inständig, seine Stimmlage möge zu seinem sonstigen Erscheinungsbild passen. Und das tut sie!

„Neu hier, wie? Ich hoffe, es gefällt euch bei uns", begrüßt er sie beide. „Sagt Bescheid, wenn ich etwas für euch tun kann, ja? Ich bin der Stefan." Damit schlendert er zur Empfangstheke und gönnt sich einen frisch gemixten Smoothie.

„Na, so toll ist er auch wieder nicht. Vergiss nicht Tonja, du bist mit mir hier", meldet Johannes quasi Aufmerksamkeitsansprüche an.

„Doch. Er ist toll. Ich versteh die Berger. Und alle anderen, die er angeblich auch schon flachgelegt haben soll", widerspricht Tonja.

„Ach, er ist die Stadtmatratze schlechthin? Da muss man ja Angst haben, dass man sich nicht etwas holt. Er duscht ja hoffentlich wohl in der Nasszelle für Mitarbeiter", ätzt Johannes weiter, eifersüchtig, weil dieser Muskelmann soviel von Tonjas Aufmerksamkeit abzieht.
Mit einem strafenden Seitenblick steigt Tonja vom Laufband und geht zu Stefan hin, bestellt sich auch so eine grüne Energiemixtur und stellt sich als Assistentin des Kriminalgruppeninspektor Ben Groß vor. Das war ja nicht gelogen. Nur eben nichts Offizielles.

„Also bist du gar nicht wegen deiner Kondi hier, Frau Stein? Hab ich mir eh gedacht", überrascht der Mann mit Menschenkenntnis. Also fackelt Tonja nicht lange. Wer weiß, wie lange er geduldig mit ihr an der Bar zu sitzen gedenkt.
„Kennst du den Walter Zemmler?"
„Klar. Ist mein Vermieter. Ein Halsabschneider und ein echt harter Hund", lässt er nicht viel Sympathie für das Todesopfer durchblicken.
„Das klingt nicht gut. Hast du ihn auf dem Gewissen?"
Die direkte Ansage lässt Stefans Augen ganz groß werden, es hat ihm buchstäblich die Rede verschlagen, ob dieser direkten Anschuldigung.
„Der Zemmler ist tot?"
„Und es war kein Unfall. Kennst du die Gloriette?" bohrt Tonja weiter.
„Ja. Klar, da laufe ich zweimal die Woche vorbei."
„Uhrzeit?"
„Unterschiedlich. Meistens vormittags."
„Das ist schlecht. Und am 10. Oktober?"

„Wieso schlecht. Ich hab dem Typen doch nichts getan. Ich hab den seit Wochen nicht gesehen. Und ich hatte auch tatsächlich kein Bedürfnis danach. Am 10. Oktober? Am 10. Oktober war ich überhaupt nicht auf der Gloriette. Da bin ich mit Fieber im Bett gelegen."
„Zeugen?"
„Sicher." Er denkt nach, kratzt sich am Kopf. Er hat keine Ahnung, wer neben ihm im Bett gelegen ist, grinst Tonja in sich hinein.
„Eine ärztliche Bestätigung, könnte ich vorlegen. Wenn das notwendig ist. Aber ganz ehrlich: Die Welt leidet keinen Schaden, wenn es den Zemmler nicht mehr gibt. So ein … mir fehlen nicht schnell die Worte, aber was der abgeliefert hat, das war wirklich aus der untersten Schublade!"
„Was hast du konkret gegen ihn?"
„Wie gesagt, er ist mein Vermieter – gewesen. Ich stehe kurz vor der Delogierung. So ist das."
„Warum?"
„Innerhalb von zwei Jahren hat der Zemmler die Miete dreimal kräftig erhöht. Der wollte mich hinausekeln. Und weil ich konsequent nur den alten Mietpreis überwiesen habe, hat er mich geklagt. Und jetzt muss ich wahrscheinlich raus."
„Das klingt übel. Aber warum sollte er einen Mieter hinausekeln wollen. Das versteh ich nicht."
Stefan erzählt, dass in der Branche vom Einzug einer internationalen Fitness-Kette gemunkelt wird, die ein weit größeres Studio, eine ganze Fitness- und Wellnessarena hier im Gebäude etablieren will. Und Walter Zemmler soll an der Kette beteiligt gewesen sein. Das erklärt so einiges, macht den sympathischen Fitnesstrainer aber auch höchst verdächtig. Tonja wird ein wenig mulmig bei dem Gedanken, dass sie hier im

Alleingang ermittelt. Nach Lage der Dinge ist das nun doch keine harmlose Sache. Ihr wird übel wenn sie sich vorstellt, wie Ben darauf reagieren wird. Wie kommt sie jetzt da bloß wieder heil heraus?

„Aber ich hatte ja auch meine kleine Rache", erzählt Stefan weiter, dass er die schöne Freya beglückt hat. Nur zwei, drei Mal. Aber er hat den Zemmler über eine Kollegin ein Inflagranti-Foto zukommen lassen und hat sich vorgestellt, wie der alte Mann daran zu kauen gehabt hat.

„Das hat aber auch nicht die besten Voraussetzungen dafür geschaffen, das Mietverhältnis zu verbessern", entfährt es Tonja. „Jedenfalls müssen wir das Alibi für den 10. Oktober überprüfen. Du ... Sie haben da schon ein ziemlich starkes Mordmotiv, Herr Sommer."

„Geh bitte. Jetzt auf einmal ganz förmlich? Ich bring doch niemanden um! Außerdem habe ich doch schon längst eine neue Location für mein Studio. Bessere Lage, mehr Parkplätze vor der Tür und noch dazu billigere Miete. Ist am Stadtrand und absolut ideal für uns. Ich muss dem Zemmler quasi sogar dankbar sein."

Innerlich freut sich Tonja, das zu hören, was sie aber nicht zu erkennen gibt. Im Gegenteil, sie stellt ihm in Aussicht morgen noch einmal mit dem Kriminalgruppeninspektor vorbeizukommen, um die Aussage offiziell zu machen. Schnell trinkt sie ihren Smoothie aus und gesellt sich wieder zu Johannes.

„Ich dachte schon, du hast mich vergessen", beschwert er sich, spaßeshalber und will sofort wissen, was da an der Befragung so lange gedauert hat. Sie verspricht, es ihm bei Pizza und Salat zu erzählen.

24

„Ich hab deine ewigen Eigenmächtigkeiten so satt, Tonja, echt", schimpft Ben, nachdem er seine Stirne in immer noch mehr Falten gelegt hat, je weiter ihn seine Partnerin in die Geschichte des Fitnesstrainers eingeweiht hat.
„Ben, es tut mir echt leid. Ich hätte nie im Traum daran gedacht, dass der Sportsmann auch nur im Entferntesten etwas mit Walter Zemmler zu tun haben könnte!"
Da der Kriminalist sieht, dass ihre Reue wirklich echt ist, lässt er noch einmal Gnade vor Recht ergehen und schnauzt nur noch zum Ende ein „Hätte ich auch nicht gedacht!" hervor.

Ja, Klagenfurt ist klein und die Orte rund um den See noch mehr. Jede und jeder kennt jeden und alle haben in irgendeiner Form miteinander zu tun. So sieht es zumindest gerade aus.

Also schwingen die beiden die Tür zum Autohaus Hofer auf und stehen in einem großzügigen Präsentationsraum, in dem ein antiquierter Porsche mit einem nigelnagelneuen Skoda Octavia um die Wette funkelt. Das sind die beiden Marken, die Ben auf den ersten Blick identifizieren kann, bevor er auch noch ein richtiges Rennauto, wie es am Nürburgring zu sehen ist, entdeckt. Hier ist Geld zuhause, wie es scheint. Oder auch viele Kredite. Na ja, unser Finanzsystem ist ja geradezu darauf aufgebaut, dass alle möglichst viele Schulden machen und nichts unter irgendwelchen Pölstern und Matratzen horten. Wer am Bankkonto minus schreibt, wird für das tüchtige Geldausgeben mit Steuerabschreibungen belohnt. Wer sicherheitshalber eher ein Plus-Anhänger ist, wird demnächst mit

Negativzinsen auf Sparguthaben bestraft werden. Trotzdem ist Ben lieber im Plus.
„Wie kann ich Ihnen helfen“, eine hübsche junge Frau stellt sich als Mobilitätsberaterin vor. Eine interessante Berufsbezeichnung für eine Autoverkäuferin, findet Tonja und notiert sich das auch gleich, um es in ihrer Story zu verwenden.
„Wir haben einen Termin bei Ihren Chefs“, weist sich Ben seinerseits aus und sie werden über eine gläserne Wendeltreppe in den ersten Stock begleitet. Dort warten im Besprechungszimmer bereits ein gedeckter Tisch und ein mobiles Frühstücksbuffet vom Feinsten.
„Darf ich Sie zu dieser frühen Stunde auf ein kleines Frühstück einladen“, macht sich der Hausherr, Peter Hofer hinter ihnen bemerkbar. Mit einem freundlichen „Danke“ schickt er seine Angestellte hinaus, die in der Tür auf ihre Chefin, Frau Heidi Hofer stößt.
„Der Anlass ist ja ein trauriger, wie mir meine Frau bereits mitgeteilt hat“, nimmt Hofer das Gespräch wieder auf. „Aber ganz frei von der Leber weg: Es wundert mich nicht, dass Walter nicht unter normalen Umständen das Zeitliche gesegnet hat.“
„Wie soll ich das verstehen?“, fragt Ben, bevor er sich einen Kaffee gönnt. Tonja hat sich bereits Avocado und Pancakes mit Ahornsirup auf den Teller gehäuft und nippt an einem schwarzen Earl Grey, den sie nur ganz kurz ziehen hat lassen.

Der Pizzaabend gestern, hat etwas länger gedauert und ist dann in einen Cocktailabend mit Tangotanzen übergegangen. Sie wird sich heute sehr zurückhalten, nicht zuletzt auch wegen des gestrigen Fauxpas.

„Nun. Mein lieber Schwager! Sie müssen wissen, früher waren wir sehr eng befreundet. Das war mehr als Verwandtschaft! Weil, Verwandtschaft kann man sich ja bekanntlich nicht aussuchen, die hat man oder man heiratet sie mit und muss irgendwie damit zurechtkommen. Aber Walter hätte ich mir früher tatsächlich zum Freund gewählt."
„Heute nicht mehr", ergänzt seine Frau.
„Was ist denn passiert?"
Tonja wittert wieder eine steile Story und da vergisst sie schon einmal, dass sie sich zurückhalten wollte. Prompt trifft sie Bens Blick, der ihr signalisiert, dass er heute die Fragen stellt. Und zwar nur er.
„Passiert ist Vieles! Aber einem guten Freund verzeiht man. Immer wieder. Als er mich aber vor einem halben Jahr tatsächlich aufs Gröbste über den Tisch ziehen wollte, das war dann doch das Ende unserer langjährigen Freundschaft. Nur um seiner Ex, also meiner Schwägerin Elisabeth eins auszuwischen, hat er mich hängen lassen, als ich den Deal meines Lebens machen wollte."
„Das müssen Sie mir bitte näher erläutern, Herr Hofer. Was wollten Sie genau und wie hat Ihnen Herr Zemmler geschadet?"
Ben deutet Tonja, alles aufzunehmen und sie beeilt sich, ihr Handy in den Aufnahmemodus zu setzen und auf den Tisch zu legen.
„Das war so: Wir sind ja auch nicht mehr die Jüngsten. Haben unser ganzes Leben echt viel gearbeitet und haben das Glück der Tüchtigen gehabt – wir haben es zu etwas gebracht. Aber was nützt das alles? Das letzte Hemd hat ja bekanntlich keine Taschen. Wir haben noch einen Traum verwirklichen wollen."
„Eine Weltreise", platzt Heidi heraus.

„Genau. Eine Weltreise." Peter Hofer legt seinen Arm liebevoll um die Schultern seiner Heidi. „Und danach sollte noch so viel Geld übrig sein, dass wir uns ein sorgloses Leben in einer schönen Alten-Wohngemeinschaft leisten können."
„Und Walter Zemmler sollte das alles finanzieren, oder wie soll ich das verstehen?", hinterfragt Ben skeptisch. Der Bauunternehmer Zemmler ist schließlich nicht gerade als Wohltäter der Menschheit bekannt.
„Na ja, er hätte ja eine satte Gegenleistung bekommen. Es sollte schon für beide Seiten ein gutes Geschäft sein", erklärt der Autohändler. „Außerdem hat er auch bis dahin immer gute Geschäfte mit uns machen können. Wir haben ihm den gesamten Fuhrpark gestellt und sämtliche Wartungen dafür übernommen!"
„Das klingt eher danach, dass Sie ein gutes Geschäft mit Zemmler gemacht haben", konstatiert Ben, der sehr aufmerksam zuhört.
„Beide haben wir profitiert. Beide."
„Wo lag dann das Problem?"
Nun kann sich heidi Hofer nicht mehr zurückhalten. Sie erzählt, dass sie gemeinsam mit ihrer Schwester den Plan dazu ausgeheckt hatten. Walter sollte das gesamte Firmenareal kaufen, denn er war ohnehin auf ständigem Expansionskurs. Die Hofers hätten zuerst die Verträge mit den Autozulieferfirmen gekündigt, die gebrauchten Autos an einen befreundeten Händler weitergegeben und die Ausstattung der Werkstätten an Kollegen verkauft. Alles war bereits in die Wege geleitet. Walter hatte schon zugesagt. Der Termin mit dem Notar war fixiert. Die Pressemitteilungen waren bereits vorbereitet. Und dann hat Walter erfahren, dass die Idee zu diesem Projekt von Elisabeth stammt.

„Plötzlich wollte er von nichts mehr wissen. Wir hätten da etwas völlig falsch verstanden. Er würde doch kein Gelände mitten im Stadtgebiert brauchen, sondern außerhalb. In der Stadt gäbe es nur Scherereien mit den Anrainern wegen Lärm und Schmutz und so weiter“, holt Frau Hofer aus.
„Ja, was sollten wir denn machen? Man kann ja niemanden zwingen, etwas zu kaufen. Natürlich haben wir den mündlichen Vertrag versucht über unseren Anwalt einzuklagen. Haben wir aber gleich nach der ersten Verhandlung wieder gelassen. Das kostet nur unnötig Geld. Mit einem Zemmler legt man sich besser nicht an. Zum Glück konnten wir zumindest das Autohaus behalten. Die anderen Verkäufe waren ja bereits abgewickelt“, schließt Peter Hofer resigniert.
„Da gab es ja im Laufe der Jahre Geschichten, die glaubt man nicht, wenn man sie hört“, erzählt Frau Hofer redselig. „Der Walter war gut vernetzt, kannte Gott und die Welt. Und: Er hat von allen gewusst, womit sie zu schmieren waren. Ein Tauchurlaub da, eine Jagdeinladung dort. Und natürlich Bares. Schwarz. Das waren seine Erfolgsgeheimnisse.“
„Und er hat von allen Leuten Dinge gewusst, die niemand wollte, dass sie je an die Öffentlichkeit geraten“, ergänzt die Ehefrau.
Ben und Tonja nehmen alles peinlich genau auf, doch dass die beiden den Baulöwen ermordet haben könnten, daran glauben beide nicht. Auch ein Auftragsmord scheint nicht zu den beiden netten, biederen Leuten zu gehören.

„Haben Sie eigentlich schon mit der Haushälterin gesprochen?“, will Peter Hofer zwischen der Verkostung von einer Schinkensemmel und einem weichen Ei noch einen Tipp loswerden.

„Ja. Warum meinen Sie, dass wir mit ihr sprechen sollten?" Benjamin ist hellhörig geworden.

„Andrea ist ja seit Kindertagen mit Heidi und Elisabeth befreundet. Aber das Leben hat ihr nichts geschenkt. Eine traurige Geschichte."

„Aber Peter! Was erzählst du da für Sachen!"

Heidi Hofer ist es sichtlich peinlich, dass ihr Mann davon angefangen hat.

„Ja, wir sind immer noch Freundinnen. Es ist doch egal, welchen beruflichen Status jemand hat. Freunde aus der Kindheit bleiben Freunde. Es ist schön, Umgang mit Menschen zu haben, die einen schon so lange kennen. Wenn man schon als Kind befreundet war, das verbindet über so manchen Schicksalsschlag hinweg. Das ist etwas ganz Besonderes. Freunde, die man später kennenlernt, gehen oft nach einer gewissen Zeit wieder. Begleiten einen nur ein Stück des Weges. Aber Kinderfreundschaften! Wenn man die ein bisschen pflegt, einander nicht aus den Augen verliert, die bleiben. Für immer."

Tonja ist gerührt von diesem Plädoyer für die Freundschaft, für den Zusammenhalt. Sie bedauert, dass sie in ihrer Kindheit so oft umziehen musste, dass keine so tiefe Freundschaft entstehen konnte.

„Andrea hat versucht die Wogen zu glätten, als Walter uns so hängenließ", erzählt Frau Hofer weiter, während Peter Hofers Mobiltelefon summt. Er schaut kurz auf das Display, entschuldigt sich mit einem „Oh, da muss ich ran" und entschwindet rasch.

25

„Gut, dass mein Mann gerade anderweitig beschäftigt ist", wird Frau Hofer vertraulich. „Er kann diese Geschichte nicht hören. Es ist ihm immer noch peinlich, wissen Sie?"
„Wenn es unseren Recherchen dient, sprechen Sie bitte, Frau Hofer."
Ben wird immer ganz förmlich, wenn es um intime Privatangelegenheiten von Zeugen geht. Und genau das vermutet er, dass jetzt aus Frau Hofers Mund sprudeln wird.
„Also: Die Andrea … Frau Simon war ursprünglich mit Peter, meinem Mann liiert. Ich habe ihn ihr sozusagen ausgespannt. Aber das ist nicht das Wesentliche. Interessant ist vielmehr Folgendes: Walter hat dann die arme traurige Andrea getröstet. Zumindest eine Zeitlang. Nämlich genau so lange, bis Elisabeth – ja die beiden waren damals schon verheiratet – es nicht mehr geduldet hat. Elisabeth war da ja immer sehr großzügig. Warum auch immer. Das müssen Sie mit ihr klären, falls es Sie interessiert. Jedenfalls hat sie Walter damals ziemlich unter Druck gesetzt, damit er diese Affäre beendet. Er hat ihr nachgegeben, aber zur Bedingung gestellt, dass Andrea dafür eine lebenslange Arbeitsstelle in seinem Unternehmen bekommt. Und stellen Sie sich vor: Er hat sie tatsächlich als Hausdame angestellt! Hat sie Elisabeth vor die Nase gesetzt. Ich habe mich damals ja schon sehr gewundert, dass sie sich das hat gefallen lassen. Aber bitte. Ich bin ja nur die Schwester. Natürlich hat es danach gekriselt. Lange haben sie versucht sich irgendwie zu arrangieren. Schließlich kennen wir drei uns ja schon so lange. Es hat aber nie wirklich gut geklappt. Obwohl Andrea ja eine wirklich gute Seele ist und sie sich so bemüht hat, sich nichts anmerken zu lassen. Sie war auf den Job

angewiesen. Sie stammt aus einer Familie, die durch einen Konkurs des Vaters völlig verschuldet ist und die sie mit ihrem Gehalt unterstützt. Mir tut sie leid. Man kann Gefühle ja nicht einfach ausknipsen wie eine Lampe, die zu hell scheint. Und irgendwann kam es dann eben doch zur Scheidung von Elisabeth und Walter."

„Frau Simon war bis zum Schluss in Walter verliebt, nicht wahr?", fragt Tonja, die sich das anhand der weißen Nelkenrabatten vor der Villa schon gedacht hatte.

„Ich fürchte, ja", bestätigt Heidi Hofer achselzuckend. „Ein Dilemma. Aber, laut Elisabeth, hat sie sich das in ihrer Gegenwart versucht, nie anmerken zu lassen. Trotzdem blieb das Verhältnis irgendwie angespannt."

„Herrn Zemmler eilt ja der Ruf eines Schürzenjägers voraus. Das hat Ihre Schwester sonst immer akzeptiert?" Ben schüttelt den Kopf über dieses private Durcheinander in der Familie. Er ist froh, dass Tonja alles penibel mitschneidet und sich zusätzlich noch ganz analoge Notizen in ihr Heft macht.

„Ja, der Walter. Er konnte es nicht lassen. Er hatte ja schon vor der Affäre mit Andrea, eine Tochter mit der Freya Sturm. Die Sophie."

„Ja?"

Ben fordert Frau Hofer mit einem Nicken auf, weiterzuerzählen.

„Es war so eine Art klassischer Unfall, das Kind. Sobald die Freya schwanger war, hat sich der feine Herr Schwager verabschiedet. Beleidigt. Er hat behauptet, er könne auf keinen Fall der Vater sein. Der betrogene Geliebte, sozusagen! Aber man wirft Menschen ja nur das vor, was man selbst zu tun imstande ist, nicht? Und dass er tatsächlich der Vater war, hat sich ja erst viel später offiziell herausgestellt. Aber getratscht wurde viel. Elisabeth wollte es nicht hören und nicht wahrhaben. Was ich auch irgendwie verstehen kann. Oder vielleicht wollte sie auch nur den Schein wahren. Wir haben darüber eigentlich nie offen gesprochen. Ein Tabuthema."

Ben kratzt sich an der Stirn. Er ist überfordert, von dieser Küchenpsychologie, gewürzt mit amourösen Geschichten, Intrigen und weiblichen Interpretationen. Hilfesuchend schaut er zu Tonja, die konzentriert an Heidi Hofers Lippen hängt.

„Mit wem sich Walter noch alles verlustiert hat, entzieht sich meiner Kenntnis und ich will es auch im Nachhinein gar nicht wissen. Es sollen ja Unzählige gewesen sein. Aber nach der Scheidung hat er sich wieder an Freya gehalten. Es soll einen Vaterschaftstest gegeben haben, der ihm bestätigte, doch der Erzeuger des Mädchens zu sein. Danach soll er zwar seiner Alimentationspflichten nachgekommen sein, durchaus großzügig. Aber ansonsten war er bis dahin nur der Weihnachten-Ostern-Geburtstagsvater für das arme Mädchen. Jedenfalls hat er das Verhältnis zu Sophie nach der Scheidung auch öffentlich legitimiert und am Ende zogen Mutter und Tochter in die Villa."

„Sie erzählen das mit einer gewissen Distanz, Frau Hofer. Was ist passiert?"

„Na ja. Meine Schwester war aus dem Haus und Peter und Walter unterhielten dann eine immer mehr ins Geschäftliche gehende Freundschaft. Irgendwie so. Ich weiß auch nicht. Das war alles schwierig."

„Das kann ich mir vorstellen," ermuntert Tonja die Frau weiterzusprechen. In all diesen persönlichen Dissonanzen könnten schließlich Hinweise für die Aufklärung des Mordes an dem Baulöwen und Casanova stecken.

„Wie ging es denn Ihrer Schwester nach der Scheidung?“ Ben klinkt sich auch auffordernd ein und Frau Hofer denkt kurz nach, bevor sie weiter ausführt. Elisabeth hat sehr unter der Trennung gelitten. Einerseits. Aber andererseits ist sie eine starke Frau, die sich nicht so leicht die Butter vom Brot nehmen lässt. Also hat sie ihr Immobilienbüro aufgebaut. Das hat Walter nicht gefallen. Er hat ihre Arbeit torpediert, wo er nur konnte. War er vorher nur als Bauunternehmer tätig, hat auch er gleich ein Immobilienbüro eröffnet. Bei jeder öffentlichen Ausschreibung hat er versucht Elisabeths Angebot zu unterbieten oder überhaupt zu unterwandern. Er hat geschmiert wo er nur konnte. Und oft hatte er Erfolg damit. Zum Glück nicht immer. Auch Elisabeth hat sich ein Netzwerk aufgebaut. Das zwar weit weniger tragfähig ist, wie Walters. Aber es hat ihr geholfen, trotzdem geschäftlich Fuß zu fassen. Schließlich hatte Walter ja nicht nur Freunde. Es gab auch Gegner. Bei denen kann Elisabeth punkten.
„Und so ganz persönlich? Wie hat Frau Zemmler die Trennung persönlich überwunden“, hakt Tonja nach und trifft einen wunden Punkt.
„Schlecht. Ganz schlecht. Also wenn Sie mich fragen, hat Elisabeth Walter nie wirklich loslassen können. Ich habe keine Ahnung, was sie an dem groben Klotz gefunden hat. Aber sie hat ihn geliebt. Und ich glaube fast, dass sie gehofft hat, dass sie irgendwann wieder ein Paar hätten werden können. Einmal hat sie zu mir sogar gesagt, dass Walter, wenn er einmal ein bisschen älter und ruhiger werden würde, sich wieder darauf besinnen wird, was sie beide doch für ein tolles Gespann sein können.“
Heidi Hofer ist immer leiser geworden. Sinnt jetzt ihren eigenen Worten nach.

Was hat dieser Walter Zemmler an sich gehabt, dass sich seine Frauen so schwer von ihm haben lösen können, überlegt auch Tonja. Er muss tatsächlich ein besonderer Mann gewesen sein.
„Wie kann es sein, dass ein einerseits so grober Mann, an dem keiner ein gutes Haar lässt, von seinen Frauen so nachhaltig vergöttert wird“, macht sich Ben seinem Unverständnis laut Luft, was Peter Hofer, der gerade wieder den Raum betritt, noch aufgeschnappt hat.
„Walters Erfolgserlebnis war Zuckerbrot und Peitsche. Ich habe mich auch immer wieder gewundert, was die Leute für Grobheiten weggesteckt haben, die er ihnen zugemutet hat, nur um ihnen dann wieder jovial lächelnd auf die Schulter zu klopfen und ihnen zu signalisieren, dass er sie in seinem Team unbedingt brauche.“
„Aber so etwas funktioniert doch nicht bei Frauen! Da geht es doch um etwas ganz anderes“, korrigiert ihn seine Frau.
Peter wiegt überlegend den Kopf und meint, dass Walter wohl auch da den richtigen Ton und den passenden Zusammenhang wird hergestellt haben.

Gestärkt, gesättigt und mit guten Informationen ausgestattet, verlassen Tonja und Ben den Frühstückstisch, um sich der Theatergruppe zu widmen, in der sie sich auch noch erhellende Gespräche erwarten.

26

„Den Zemmler? Ob ich ihn persönlich kenne? Allerdings! Und es ist mir völlig egal, wenn Sie mich jetzt verdächtigen, ihn umgebracht zu haben. Der hat es nicht anders verdient!“, echauffiert sich Mona Mayer lautstark, so dass sich die Leute im Straßencafé am Alten Platz nach ihrem Tisch umdrehen.
„Bitte, Frau Mayer, vielleicht geht es ein bisschen weniger melodramatisch“, versucht Ben irritiert zu beruhigen. „Wir ermitteln, verstehen Sie? Da muss nicht jeder mithören, was hier an unserem Tisch gesprochen wird! Sonst müssten wir in meinem Büro in der Polizeidirektion weiterreden.“
Er hofft inständig, dass die Regisseurin der Theatergruppe kapiert, dass sie hier nur sitzen, weil er ihr die Förmlichkeiten und den Weg in sein Büro ersparen wollte. Und natürlich, weil er selbst auch lieber in einem netten Gastgarten sitzt, als in seinem Büro.
„Ja glauben Sie, ich kann so ein Benehmen wie der es an den Tag gelegt hat, einfach so emotions- und ausdruckslos herunterbeten?“
„Frau Mayer“, mischt sich Tonja ein. „Bitte, was haben Sie für denn ein Verhältnis zu Herrn Zemmler gehabt.“
„Verhältnis? Ha. Ich hatte überhaupt kein Verhältnis, oder nein, wir hatten ein sehr angespanntes Verhältnis!“
„So kommen wir hier nicht weiter“, seufzt Ben leise und sträubt sich noch immer gegen ein Gespräch in seinem Büro. Er hofft darauf, dass sein leises Sprechen sein Gegenüber dazu animiert, auch die Stimme zu senken. Auch die Kellnerin, glaubt Ben bemerkt zu haben, überlegt schon, ob sie diese lauten Gäste bitten soll, doch besser das Lokal zu verlassen.

Aber nein. Er hat sich getäuscht. Sie erwidert sein Lächeln, das er ihr als Entschuldigung zur Theke schickt.
„In unseren Aufzeichnungen steht, dass Sie Herrn Zemmler angezeigt haben. Wegen sexueller Belästigung. Was ist da passiert?"
„Ha! Dieser Möchtegerncasanova. Aber nicht mit mir. Verstehen Sie? Nicht mit Mona Mayer. Da hat der sich geschnitten. Aber ganz gewaltig geschnitten hat der sich!"
„Könnten Sie uns vielleicht konkret erzählen, was da los war?" Tonja flüstert.
Und prompt flüstert Mona retour. Allerdings unterstreicht sie ihr Flüstern mit ausholenden großen Gesten, was nicht minder auffallend ist. Ben rutscht nervös auf seinem Klappsessel hin und her.
„An dem Tag, als er in unserem Probenlokal auftauchte, um uns höchstpersönlich an die Luft zu setzen, sind wir aneinandergeraten. Freya war nicht da. Also hatte ich den Mann am Hals. Er hatte ja im Vorfeld schon Freya zuhause rausgeworfen. Er behauptete, dass er das Lager urplötzlich selber brauche. Aber in Wahrheit hatte er den Verdacht, dass ihn Freya betrog. Und um ihr eins auszuwischen, hat er uns rausgeworfen. Von einem Tag auf den anderen. Er ist mit irgend so einem Bauarbeiter plötzlich auf der Bühne gestanden und hat von mir die Schlüssel verlangt, während weitere Bauarbeiter aufgetaucht sind und unsere gesamten Sachen einfach auf den Vorplatz gestellt haben. Ich habe mich natürlich gewehrt. Aber ich war ja noch allein. Die Probe sollte erste eine Stunde später beginnen. Und da hat er mir einfach so, total offen und unverschämt an die Brust gegriffen. Ich habe ihm natürlich sofort eine gescheuert. Daraufhin hat er mir ans Gesäß gegriffen. Total brutal hat er mich an sich gezogen und mich auf

den Mund geküsst. So richtig. Wäh. Mir wird bei dem Gedanken jetzt noch schlecht. Schließlich ist sein Begleiter dazwischen gegangen. Zum Glück."

„Aber Sie haben die Anzeige zurückgezogen. Warum?" Tonja findet das nicht nachvollziehbar.

„Ich hätte doch vor Gericht nie eine Chance gehabt. Seine Arbeiter hätten sicher nicht gegen ihn ausgesagt. Ich war alleine."

„Unglaublich", entfährt es Tonja. „So ein Arsch!"

Aber es kam noch schlimmer, führt die Regisseurin weiter aus. Als sie Freya davon erzählt hat, ist die nicht etwa ihr zur Seite gestanden. Im Gegenteil. Sie hat versucht, es herunterzuspielen. Walter meine es nicht so. Er sei nur so aufbrausend. Da sei er eben unberechenbar.

„Können Sie sich vorstellen, wie ich mich da gefühlt habe?"

Tonja versteht nicht, warum sie überhaupt bei der Theatergruppe geblieben ist. Und wie haben die anderen Gruppenmitglieder reagiert? Auf das Vorgefallene und auf den Rauswurf?

„Das hat alles Freya in die Hand genommen. Und der Josef Berger. Die haben alles organisiert, dass die Probenarbeit auf der Burg Leonstain weiterging und haben auch bereits eine neue Bleibe aufgetan."

„Aber da gibt es doch noch eine Klage gegen Sie wegen Rufschädigung. Was hat es denn damit auf sich", will Ben wissen und behält die flüsternde Art der Befragung bei, nachdem sie Erfolg gezeigt hatte.

„Ach das!" Mona Mayer wirkt ein bisschen verlegen. „Da hab ich in meiner Wut ein bisschen danebengehauen."

„Womit?"

„Ich habe Zemmler in den sozialen Medien als Vergewaltiger und Verbrecher beschimpft. Das hat der sich natürlich nicht gefallen lassen. Das Gute daran war, dass er fast eine ganze Woche dafür gebraucht hat, es zu bemerken. Keine Ahnung, wer es ihm gesteckt hat. So war genügend Zeit, dass sich der Post ziemlich weit verbreiten konnte. Natürlich habe ich es gelöscht. Aber wer es gesehen hat… Tja, der Fluch der neuen Medien!“ Die Regisseurin lacht schadenfroh.

„Und nachdem der Herr Zemmler jetzt tot ist, wird die Klage wohl sang- und klanglos eingestellt,“ fasst Tonja die Situation zusammen.

„Das nehme ich doch wohl an, ja.“

Die Regisseurin lehnt sich zufrieden zurück. Ben beobachtet sie stumm. Dann schüttelt er unmerklich den Kopf, schaut seine Assistentin an, die auch den Kopf leise hin und her bewegt. Sie sind sich wieder einig. So heißblütig das Gespräch auch begonnen hat, Mona Mayer hätte zwar vielleicht ein Motiv gehabt, Zemmler zu töten. Auch die Energie. Und wer weiß schon, wozu jemand im Affekt fähig ist. Aber das Bauchgefühl sagt beiden, dass sie nicht der Mörderin gegenübersitzen. Die obligate Frage nach dem Alibi, das sich leicht überprüfen lässt, bestätigt ihr Gefühl. Mona Mayer war beim Zahnarzt gewesen. Es wäre zu blöd, ein solches Alibi zu erfinden.

27

Treffpunkt ist das Pflasterrondeau in der Fußgängerzone von Klagenfurt. Zahlreiche Wappen von irgendwelchen Partnerstädten sind hier in die Pflasterung der Straße eingearbeitet – von irgendeinem bedeutenden Künstler, dessen Name Tonja gerade nicht einfällt.

„Kaplenig. Richard Kaplenig. Eigentlich stammt der aus dem Gailtal.“, gibt sich Johannes kunstbeflissen.

„Schlaumeier“, erntet er Lob.

„Schreibt man das mit „ei“, ai“, „ey“ oder wie?“

„Scherzkeksi! Hast du uns wirklich angemeldet?“, kann Tonja nicht verstehen, dass sie hier nun schon seit geschlagenen zwanzig Minuten alleine herumstehen und auf die Dame von der Stadtführung warten.

„Keine Ahnung was da schiefgelaufen ist“, ärgert sich Johannes, der sich auf die gemeinsame Stadtführung zum Thema hinterhältige Verbrechen, heimtückische Morden und verhängnisvolle Liebschaften gefreut hat. Danach hat er einen Besuch in der Sushi-Bar geplant und hofft, dass sich noch mehr ergeben wird.

„Also das wird hier nichts mehr. Schade eigentlich. Dann musst wohl du in die Bresche springen. Ich lade dich auf ein Eis in der Greislerei ein und du erzählst mir gruselige Geschichten aus deinem reichhaltigen Erfahrungsschatz.“ Tonja ist nicht gewillt auf Input für ihren Roman zu verzichten. Und so erfährt sie von an der Autobahn abgelegten „leichten Mädchen“, deren Identität bis heute nicht geklärt ist, von einem Schriftsteller, der im Hotel „Mondschein“ den Portier ermordet haben soll, von einer jungen Kärntner Prostituierten, die schon vor über 20 Jahren spurlos verschwunden ist. Pro Jahr werden an die 400 Personen als vermisst gemeldet, darunter viele Jugendliche, die von zuhause abhauen und nach ein paar Tagen wiederauftauchen. Es gibt aber auch Personen, die sich eine völlig neue Identität aufbauen.

„Seltsam dabei ist, dass sich so mancher im Laufe der Zeit im Fahndungsnetz verheddert.

„Das wird dann der Staatsanwaltschaft gemeldet, die nehmen ihn dann von der Fahndungsliste. Seine neue Identität bleibt gewahrt, sofern er sich nichts hat zuschulden kommen lassen."

Gebannt hört Tonja ihm zu. Das wusste sie alles nicht. Durch ihre Aufmerksamkeit angeregt erzählt er von seinem beruflichen Steckenpferd, den „Cold-Case-Aufträgen".

„Es ist schon ein erhebendes Gefühl, dass wir heute ewig alte Fälle lösen können, weil wir die DNA-Analysemöglichkeiten zur Verfügung haben. Aber auch die ganzen vernetzten Daten, die wir mittlerweile nutzen können führen zu neuen Aufklärungen!"

„Das macht dir wirklich Spaß, wie?" Tonja gefällt es sehr, wie leidenschaftlich Johannes von seiner Arbeit erzählt und überlegt, wie er wohl als Liebhaber wäre. Sie beobachtet ihn ganz genau. Sein Minenspiel, seine funkelnden Augen, wenn er von einem Erfolg erzählt. Sexy! Die Sprache seiner schönen, langgliedrigen Hände. Kräftig aber doch sensibel. Aus einem plötzlichen Impuls heraus nimmt sie seine Hände in die ihren und schaut auf seine Handflächen. Er ist irritiert, lächelt.

„Versuchst du dich jetzt als Wahrsagerin?"

„Warum nicht? Lass mal schauen. Da ist jedenfalls eine lange Lebenslinie. Du wirst also alt werden. Das ist schon einmal gut. Welche Frau will schon, dass der geliebte Mann vor ihr den Löffel abgibt!"

„Na ja. Da kenne ich andere Ansichten. Zum Beispiel, dass Frauen ihren Mann Gift ins Essen mischen, damit er sehr wohl vor ihr den sogenannten Löffel abgibt.“

„Davon habe ich auch schon gehört. Aber das betrifft ja nur die grauslichen Typen.“

„Ach ja?“, schmunzelt Johannes. „Oder die reichen!“

„Manchmal auch die. Aber die waren dann ja wohl offensichtlich bei der Wahl ihrer Partnerin am oberen Ende des Menschen minderbemittelt.“ Tonja tippt sich an die Schläfe und widmet sich wieder der Hand ihres Begleiters.

„Die Herzlinie. Sehr ausgeprägt. Aber da sind ganz viele Inseln am Anfang. Das heißt, dass du die Welt als Kind eher bedrohlich und kalt empfunden hast. Stimmt das?“

Johannes lacht verlegen, denn er war als Kind tatsächlich eher der feige und ängstliche Typ gewesen und will nun natürlich Tonjas Herzlinie sehen, die auch wirklich ganz anders aussieht.

„Das ist ja interessant!“, findet er. „Und was siehst du noch, du Hexe?“

Tonja lacht und schaut wieder ganz ernst in seine Handfläche, fährt zart mit ihrem Zeigefinger die Linien nach. Schaut ihm in die Augen. Lächelt ihn neckisch an.

„Du scheinst ein guter Liebhaber zu sein“, flüstert Tonja ihm zu und er entzieht ihr seine Hand.

„Was hast du? Das ist doch nichts Schlimmes! Im Gegenteil, hätte ich gedacht.“ Tonja versteht nicht, warum Johannes so reagiert. Es war ein Reflex.

„Wer weiß, was du sonst noch alles in meiner Hand entdeckst!“, wehrt sich Johannes dagegen, prüde zu sein.

Schade, denkt Tonja, die sich irgendwie schon hat vorstellen können, dem Mann ein bisschen näher zu kommen. Er gefällt ihr. Die Chemie scheint zu passen. Es ist klar ersichtlich – also zumindest war es bis noch vor ein paar Minuten so – dass er in sie verliebt ist. Und jetzt macht er einen Rückzieher? Was soll sie davon halten?

„Habe ich etwas falsch gemacht? Ich wollte dir nicht zu nahetreten. Ich dachte, darauf läuft es bei uns letzten Endes hinaus", macht sich Tonja ihrer Unsicherheit Luft.

„Worauf soll es hinauslaufen?"

Johannes fühlt sich sichtlich unwohl. Wahrscheinlich hat er einfach Angst vor offensiven Frauen, überlegt Tonja und findet das irgendwie süß. Altmodisch. Er will es vielleicht eher traditionell angehen. Das hat ja schon mit diesem seltsamen Blumenstrauß samt Vase seine Schatten vorausgeworfen.

Tonja räuspert sich und schaut ihn an. Lächelt. Er lächelt zurück. Es knistert. Gewaltig. Keiner von beiden weiß, wie mit der Situation umgehen. Schweigen. Es wird peinlich. Tonja hebt schon an etwas zu sagen, überlegt es sich anders. Sie will ihm Zeit geben, den nächsten Schritt zu wagen. Denn wenn er es denn unbedingt traditionell angehen will, dann ist er am Zug. Hoffentlich wird das heute noch was. Sie ist nicht gerade ob ihrer Geduld bekannt. Er legt ihr die offene Hand hin. Sie schaut ihn fragend an. Er nickt schmunzelnd.

„Na gut. Zweiter Versuch?"

„Zweiter Versuch."

„Siehst du dieses Dreieck hier, das vom Venusberg über den Mondberg zum Venusgürtel. Hier kann man sehen, wie feinfühlig, sensibel oder kreativ jemand ist. Am Venusberg sieht man die Trieblinien. Die sind bei dir ganz normal ausgebildet. Da ist nichts Grobes zu sehen. Du suchst nicht ständig nach neuen Partnerinnen. Aber da, diese Sensibilitätslinien gehen

bei dir bis zur Lebenslinie hin. Das bedeutet, dass du dein Liebesleben gerne geplant angehst."
„Das stimmt! Da bin ich aber echt überrascht. Und kannst du auch etwas über meine berufliche Karriere in meiner Hand lesen?" Johannes ist eindeutig am Ablenken. Tonja lacht.
„Ja. Könnte ich, will ich aber nicht. Was sagst du dazu?"
„Ich finde", meint Johannes schelmisch, „dass du ziemlich einseitig interessiert zu sein scheinst."
„Da hast du Recht, mein Lieber! Ich bin sogar sehr interessiert", flirtet Tonja belustigt weiter.
„Oho! Und du meinst nicht, dass du mich damit womöglich ein bisschen überforderst?", kokettiert Johannes mit seiner Schüchternheit.
„Gibt es da nicht diese tolle Weisheit? Wer fordert, der fördert?"
„Tja. Touché! Im Förderunterricht war ich nie. Bis jetzt habe ich alles auch ohne hinbekommen."
„Davon bin ich absolut überzeugt!", gurrt Tonja und geht sogar noch einen Schritt weiter. „Ich weiß, wo es einschlägigen Förderunterricht gibt und dass dir der sehr gefallen könnte!"
„Wollen wir nicht lieber etwas essen gehen. Ich dachte an die Sushi-Bar in der Bahnhofstraße. Was meinst du?" Johannes ist erleichtert, dass er sich noch einmal auf unverfängliches Terrain hat retten können. Tonja schaut ihn zweifelnd an. Hat sie sich so getäuscht? Will der Mann doch nichts von ihr. Hat sie sich in ihrer Liebesnot das alles nur eingebildet? Es ist ihr schrecklich peinlich, den netten Kollegen so offen angebaggert zu haben. Verdammt. Aber was war das dann mit den Blumen. Und nach den vielen Cocktails in der GiG-Bar? Sie kann sich unmöglich so vergaloppiert haben. Außerdem stimmt mit dem Kerl doch etwas nicht, wenn er ein solches

Angebot von einer durchaus hübschen Frau derart abschmettert. Entweder ist er nicht an Frauen interessiert, was bisher nicht so ausgesehen hat. Oder, er braucht eine lange Vorglühphase.
„Essen? Sushi? Jetzt?“ Tonja ist einigermaßen ernüchtert. „Von mir aus.“ Sie nimmt ihre Tasche, ihre Jacke und steht auf um zu gehen.
„Was habe ich falsch gemacht?“ Johannes scheint zerknirscht.
„Alles!“, versucht Tonja ihre Enttäuschung hinter einem schnippischen Ton zu verbergen.
„Was alles? Sag es mir! Auf der Stelle. Ich rühr mich nicht vom Fleck, bevor ich es weiß“, ist Johannes um Schadensbegrenzung bemüht.
Was will der Typ von ihr? Langsam ist sie wirklich genervt.
„Sag einmal, schnallst du es echt nicht, wenn du von einer Frau ein eindeutiges Angebot bekommst oder stimmt irgendetwas nicht mit dir. Magst du keine Frauen?“
„Wie? Aber Tonja! Du weißt doch, dass ich dich mag. Was soll das jetzt?“
„Das frage ich dich. Ich biete mich dir quasi auf dem Präsentierteller an und du hast nichts anderes im Kopf als Sushi essen zu gehen. Sag, spinnst du?“
„Tonja, es tut mir leid, echt. Du hast ja Recht. Mit mir stimmt etwas nicht.“
„Aha. Und was genau, bitteschön?“
„Ich bin ein Tepp. Ich wusste einfach nicht, wie ich reagieren sollte. Ich. Es. Weißt du, es ist so. Du bist mir echt wichtig. Du bist so, ich weiß auch nicht. Ach was. Ich bin ein verliebter Tölpel, der sich blöd anstellt. Und es ist mir wirklich so richtig peinlich.“

Tonja lacht aus vollem Herzen, hakt sich bei ihm unter und zieht ihn mit sich weiter, Richtung Bahnhofstraße.
„Gehst du mit mir essen oder sollen wir gleich zu mir. Oder zu dir?“ Johannes versucht es mit der Offensive und ist wieder völlig daneben. Tonja lacht wieder und meint, sie würde es gerne auf neutralem Terrain probieren. Sie will nicht in seine Wohnung. Aber in ihr kleines Häuschen kann sie ihn auf keinen Fall mitnehmen. Weder Sabine noch Ben sollen ihre Affäre, oder was auch immer das jetzt zu werden scheint, mitbekommen. Sie denkt eher daran, endlich einmal so ein Stundenhotel auszuprobieren. Ob es das in Klagenfurt überhaupt gibt? Sie flüstert Johannes ihren Wunsch ins Ohr, der bleibt abrupt stehen, so dass die beiden Jugendlichen, die hinter ihnen hergegangen waren, in sie hineinlaufen. Gegenseitiges Kopfschütteln, gefolgt von Entschuldigen.
„Du willst was?“ Johannes will sich vergewissern, dass er sich nicht verhört hat. „Ich dachte, Frauen finden so etwas schmutzig und würdelos!“
„Ach was. Warum nicht? Ich würde das richtig aufregend finden. Ein Hotel, in dem in jedem Zimmer gevögelt wird. Man trifft sich im Gang, lächelt sich an und kann sich sicher sein, dass hier alle dieselben Interessen haben. Einerseits ungehemmtes Schnackseln, dass sich die Balken biegen und andererseits nicht gesehen werden.“
„Dann lass uns einmal googeln“, gibt sich Johannes plötzlich offenherzig. Doch so einfach ist das nicht, ohne Insiderwissen. Eine ganze Liste an Hotels scheint auf dem Handy auf. Beherzt ruft Tonja im Hotel Seepark an und fragt, ob man hier Zimmer stundenweise mieten kann. Freundlich aber bestimmt erhält sie von einer jungen weiblichen Stimme die Auskunft, dass dies in diesem Hause nicht üblich sei. Und schon

hat die Rezeptionistin auch aufgelegt. Also so wählt Johannes die Nummer einer abgelegenen Pension Maggy und siehe da, sie werden erwartet, wann immer sie kommen möchten. Das Zimmer kostet pro Stunde so viel wie andernorts die ganze Nacht.

„Aber jetzt gehen wir zuerst essen, ja?", drängt Johannes.

Na, der Mann muss wirklich hungrig sein, denkt sich Tonja. Aber schließlich soll er ja für ihre Unternehmung bei Kräften sein, also willigt sie ein. Hoffentlich springt er bei der langen Bedenkzeit, die ihm das Essen verschafft, nicht wieder ab.

Jedenfalls ist Tonja aufgeregt wie vor dem ersten Mal. Und schließlich ist es ja auch ein erstes Mal. Das erste Mal nach Mario.

28

Oh, Himmel! Zwei Stunden Schlaf sind eindeutig zu wenig, jammert Tonja innerlich und schaut in den Spiegel hinter der Sonnenklappe ihres Taxis. Ausgeprägte Augenringe, scharfe Falten um die Mundwinkel und eine richtige Knubbelnase. Schrecklich. Aber die Augen leuchten. Ben steigt zu ihr ins Auto, schaut sie von der Seite her an und lacht.
„Du hast wohl die Nacht zum Tag gemacht, wie? Wo warst du denn? Sabine hat sich richtig Sorgen um dich gemacht. Ich ruf sie schnell an“, er zückt sein Handy und gibt Sabine Bescheid, dass Tonja gesund und munter neben ihm sitzt – verkatert aber trotzdem fröhlich. Er vermutet, sie hatte erfüllenden Sex.
„Hej! Das geht dich überhaupt nichts an“, knurrt Tonja, kann sich ein Lachen aber nicht verkneifen.
Kaum hat Ben aufgelegt, klingelt sein Handy.
„Herr Ernst, alter Kriminaltechnikfuchs. Was hast du für mich?“
Ben deutet Tonja noch einen Moment zu warten. Konzentriert hört er seinem Gesprächspartner zu, schaltet dann auf die Mithörfunktion, damit auch Tonja gleich im Bilde ist.
„Wir haben die Daten auf Zemmlers Mobiltelefon wiederherstellen können. Zumindest einen großen Teil davon. Vor allem die Fotos sind interessant. Da sind nämlich von der Mordnacht welche dabei, also ganz frische und nicht überlagerte. Vielleicht bringt euch das weiter. Ich schick sie dir auf dein Hady. Ja?“
„Bestens, mein Alter. Das klingt ja vielversprechend.“

„Einen herzhaften Gruß an deine Begleiterin und Servus!“ Und schon hat er aufgelegt. Ben schaut Tonja eindringlich an. Sie grinst.
„Ist er derjenige welcher? Grinst du wegen dem alten Zausel so blümerant vor dich hin?“
Tonja hüllt sich in Schweigen. Sie weiß selbst noch nicht, wie sie zu der ganzen Sache steht. Sie muss in Ruhe nachdenken. Sie will nicht darüber reden. Sie fürchtet, dass dann der ganze Zauber, den sie noch von der vergangenen Nacht in sich spürt, verloren geht. Also zuckt sie nur mit den Schultern.
„Wie du meinst“, brummelt Ben ein bisschen eingeschnappt.
„Ich bin also nur als wandelnde Schulter bei Liebeskummer gut. Schön, dass ich das jetzt weiß.“
Tonja lacht laut heraus.
„Du klingst jetzt wie eine beleidigte Schulfreundin mit 15 Jahren!“
Jetzt lachen beide. Sie werden vom Signalton der ankommenden Fotos auf Bens Handy unterbrochen.

„Olala! Das sind aber pikante Fotos!“ kommentiert Tonja und Ben ergänzt: „Das sind ja wirklich die Freya Sturm und der Josef Berger in eindeutiger Pose!“
„Und das hat sicher nichts mit einer Probe für Lumpazivagabundus zu tun. Ich glaube nicht, dass der Nestroy solche Szenen in sein Stück eingebaut hat“, überlegt Tonja laut.
„Das weiß man bei solchen Neuinszenierungen nie so genau. Da wird ja wild ergänzungsfabuliert“, gibt sich Ben als Kenner der modernen Theaterarbeit zu erkennen.
„Nein. Das da ist eindeutig privat“, ist Tonja überzeugt.
„Dass der das ausgehalten hat, seine Frau in dieser Pose zu fotografieren und nicht auf der Stelle dazwischen zu gehen“,

wundert sich Ben, worauf ihn Tonja darauf aufmerksam macht, dass der Zemmler ein echt harter Hund gewesen sein muss. Der hat Beweise gesammelt. Der hat sicher irgend etwas Blödes im Schilde geführt.

„Auf jeden Fall ist mit dieser Fotodokumentation klar, dass der Zemmler ganz genau gewusst hat, mit wem es seine Frau treibt. Egal wo."

„Sie wollte den Berger nicht in ihr Appartement lassen, damit ihr Pantscherl geheim bleibt."

„Genau. Hat ihr aber nichts genützt, wie man sieht."

„Der Zemmler wollte einfach wissen, mit wem er seine Frau teilen soll."

„Das nennt man Masochismus. Aber geh noch einmal zum letzten Bild."

„Da ist doch nur alles schwarz. Nacht eben. Und der Mond."

„Nein. Das ist kein Mond, Ben. Schau. Mach einmal größer! Da steht doch jemand. Das ist ein Blitz, kein Mond!"

Tonja ist ganz aufgeregt. Endlich. Das könnte der Durchbruch in dem Fall sein. Das könnte der Mörder sein. Das Opfer hat seinen Mörder fotografiert! Das wäre ja was!

Ben ruft den Kriminaltechniker an.

„Die Fotos sind super, erste Sahne, Ernst. Aber kannst du aus dem letzten Bild noch etwas herausholen, vielleicht. Da ist jemand drauf, der am Tatort fotografiert hat und den der Zemmler wahrscheinlich ohne es zu wollen abgelichtet hat. Ich will wissen, wer das ist. Möglichst gleich, gell. Servus!"

„Menschenskind, das wär ja was, wenn wir endlich einen Schritt weiterkommen würden. Komm, wir fahren jetzt zum Wienerroither nach Pörtschach auf einen Kaffee und zwei Kipferl."

Bens Wunsch ist Tonja in diesem Fall Befehl und sie gibt Gas. Der Kavaliersstart trägt ihr einen strafenden Blick ihres Beifahrers ein, aber das macht ihr heute rein gar nichts aus. Kaum stehen sie an der roten Ampel der Kreuzung, wo man sich entscheiden kann, ob man in die Klagenfurter Innenstadt oder zum Wörthersee abbiegen will, ereilt sie das bearbeitete Foto aus Zemmlers Archiv.

„Das gibt´s ja nicht!"

„Was? Wer ist es denn?" Tonja platzt förmlich vor Neugierde.

„Die Berger. Das ist doch eindeutig die Frau vom Josef Berger!"

„Die Greta Berger? Nachts auf der Gloriette? Lass sehen!" Ben hält ihr das Display unter die Nase.

„Hat der Berger nicht behauptet, dass sich seine Frau im Dunkeln fürchtet und nicht mehr aus dem Haus geht? Da kennt der seine Angetraute aber schlecht, wie es aussieht!"

„Na ja. Sie war ja eh nicht allein. Ganz und gar nicht."

„Auch wieder wahr. Und das hat sie sicher nicht erwartet. Das war ja das reinste Sit-in, da oben," scherzt Ben, weil er sich einfach freut, dass es endlich klare Anhaltspunkte gibt, in welche Richtung weiterermittelt werden muss.

„Wir fahren in den Karawankenblickweg", fordert er gut gelaunt, um aber gleich wieder zu revidieren. „Nix. Zuerst Kaffee und Kipferl. Dann Karawankenblickweg. Die Frau Professor wiegt sich in Sicherheit, so wie die mit uns umgesprungen ist. Die läuft uns nicht davon." Ben und seine Wienerroither-Kipferl. Das ist auch so eine Art Lovestory, denkt Tonja amüsiert.

„Meinst du, ist das wirklich die Frau Berger? So wirklich erkennen kann man sie nicht. Also nicht zweifelsfrei", zweifelt Ben nun doch.

„Wer soll es denn sonst sein? Von unseren Zeugen schaut die Person auf dem Foto am ehesten nach ihr aus“, bekräftigt Tonja ihren Verdacht.
Das stimmt, gibt Ben zu, obwohl er schon eher zweifelt. Aber schön wäre es schon. Man wird sehen, wie die Dame reagiert, wenn er sie mit dem Bild konfrontiert, denkt er. Jetzt ist erst einmal Genuss angesagt. Nicht immer muss zuerst die Arbeit sein, um dann zum Vergnügen zu kommen!

29

„Schön, dass wir Sie gleich antreffen, Frau Professor", freut sich Ben aufrichtig, dass er gleich loslegen kann. „Ich hab hier ein Foto, das ich Ihnen gerne zeigen möchte. Und vielleicht überdenken Sie Ihre Aussage noch einmal, bezüglich des 10. Oktober."
Frau Berger schaut unsicher von Ben zu Tonja und zurück, dann auf das Foto auf Benjamins Handy. Mit einem vehementen Kopfschütteln gibt sie es ihm wieder zurück.
„Darauf kann man ja nichts erkennen. Wer soll denn das sein?"
Tonja meint, ein kleines Zögern bemerkt zu haben. So eine ganz kleine Schrecksekunde. Aber beschwören kann sie es nicht. Also hält sie lieber den Mund und beschränkt sich aufs Protokollieren.
„Ich könnte schwören, dass sind Sie, Frau Berger", insistiert der Kriminalgruppeninspektor und hält ihr das Foto weiter hin.
„Ich? Wie kommen Sie denn auf diese absurde Idee? Die Person da auf dem Foto ist doch kugelrund! Wollen Sie behaupten ich sei dick?"
Tonja muss sich das Lachen verkneifen. Die Frau ist nicht zu unterschätzen, wie es aussieht. Gut gekontert.

„Ganz etwas anderes", schlägt Ben einen neuen Ton an. „Sie haben einen ganz schön aufwändigen Lebensstil, finde ich. Soweit ich weiß, sind Lehrergehälter nicht ganz so üppig, um sich diesen Luxus hier leisten zu können."
„Also bitte", hebt Frau Berger mit schriller werdender Stimme an, ein Zeuge schlechten Gewissens oder zumindest der

Unwahrheit, „Unsere Vermögensverhältnisse sind ja wohl Privatsache! Aber wenn Sie es unbedingt wissen wollen, ich habe geerbt."
„Warum erzählst du Sachen, die man dir jederzeit widerlegen kann, Greta?" Von der Tür hinter ihnen, korrigiert Josef Berger seine Frau.
„Das brauch ich jetzt wie einen Pickel an der Nase! Dass du mir in den Rücken fällst. Das ist ja wieder einmal typisch", damit rauscht Greta türenknallend hinaus.
„Wir sind noch nicht fertig", ruft ihr Ben nach, doch Josef nimmt ihn beschwichtigend am Arm.
„Lassen Sie meine Frau jetzt lieber in Ruhe. Solange sie so drauf ist, erfahren Sie von ihr sowieso nichts Verwertbares, glauben Sie mir. Die beruhigt sich schon."
„Aber so geht das nicht! Ich werde sie vorladen müssen", erklärt der Ermittler streng.
„Kommen Sie. Setzen wir uns. Ich glaube, ich habe da etwas, das Sie interessieren wird und das mir ziemlich viel Ärger mit meiner Frau einbringen wird. Aber was soll´s. Die Wahrheit muss ans Licht und ich kann es mit meinem staatsbürgerlichen Gewissen einfach nicht mehr verantworten, das alles für mich zu behalten."
Schnell stellt Tonja ihr Handy in den Aufnahmemodus und legt es auf den Couchtisch. Josef Berger nickt zum Zeichen, dass er damit einverstanden ist.
„Meine Frau hat Walter Zemmler erpresst."
„Und das sagen Sie uns erst jetzt?"
„Es tut mir leid. Aber da Sie Greta nun ohnehin schon in Verdacht haben, muss ich es Ihnen wohl sagen, nicht?"
„Ja, sicher. Womit hat sie ihn erpresst, seit wann und woher wissen Sie darüber Bescheid?"

Unruhig fährt sich Berger mit den Händen übers Gesicht. „Womit sie ihn erpresst hat weiß ich nicht. Ehrlich. Das müssen Sie mir glauben. Aber es geht schon seit Jahren."
„Woher wissen Sie das?"
„Wissen Sie, das ist so. Ich habe schon vor einigen Jahren bei der Durchsicht unserer Konten entdeckt, dass auf Gretas Konto regelmäßig 5.000 Euro von Walter Zemmler eingegangen sind. Eigentlich macht ja Greta unsere ganze Buchhaltung. Aber damals ... ich weiß nicht mehr genau ... ich glaube, ich habe einen Beleg gesucht. Ja, und da habe ich es entdeckt."
„Und Ihre Frau nie damit konfrontiert?"
„Wo denken Sie hin! Sie hätte mir sofort vorgeworfen, dass ich ihr hinterherschnüffle. Nein, das wollte ich mir ersparen. Irgendwann habe ich es auch vergessen. Aber jetzt, so wie die Dinge liegen und durch diese ganze Fragerei, ist es mir wieder eingefallen."

Wer könnte wissen, wofür Walter Zemmler der Greta Berger so viel Geld überwiesen hat, überlegt Tonja fieberhaft. Am ehesten würde diese Frage wohl im Hause Zemmler zu lösen sein. Tonja tippt auf Andrea Simon. Sie war schließlich Zemmlers liebste Vertraute und weiß über so ziemlich alles Bescheid, was den Baulöwen bewegt hat. Sie war loyal, das wusste der ehemalige Liebhaber. Er vertraute ihr. Wenn jemand hinter seine raue Fassade blicken durfte, dann sie. Oder Freya. Das könnte schon auch sein. Wahrscheinlich sollten sie als nächstes mit diesen beiden Frauen reden.

30

„Ah, Sie kommen gerade richtig“, Andrea Simon begrüßt die Ermittler so freundlich, als ob sie schon auf die beiden gewartet hätte. „Wenn Sie wollen, können wir gemeinsam essen. Ich habe wieder einmal viel zu viel gekocht. Es gibt eine Kürbiscremeconsommé, dann Krautfleckerl und als Nachtisch habe ich einen gedeckten Apfelkuchen anzubieten. Wie wär´s?“
So ein großzügiges Angebot zum richtigen Zeitpunkt kann man ja gar nicht ablehnen, darin sind sich Tonja und Ben gleich einig und folgen der Hausdame in die Küche.
„Wenn es Ihnen nichts ausmacht, decke ich den Küchentisch. Im Esszimmer, ich weiß nicht, da erinnert alles an Walter. Es ist einfach zu traurig, dass er nicht mehr heimkommt, zum Essen“, erklärt sie.

Schnell hat Andrea elegante Tischsets aufgelegt, verteilt Besteck und Teller.
„Die Frau Sturm kommt wahrscheinlich ein bisschen später. Das ist bei diesem Essen nicht weiter schlimm. Die Krautfleckerl werden ja immer besser, je öfter man sie aufwärmt“, ist Frau Simon um zwanglose Kommunikation bemüht, wohl um sich von den Gedanken an den fehlenden Herrn Zemmler abzulenken. Gekonnt schöpft sie die köstlich duftende Cremesuppe in die Teller, streut ein paar selbstgemachte Croutons drüber und setzt sich zu ihren Gästen.
„Schön, dass ich nicht alleine essen muss“, beginnt sie das Mahl. Ben räuspert sich ein bisschen unsicher. Wie soll er anfangen. Tonja signalisiert ihm, mit den Fragen noch ein bisschen zu warten. Also essen sie schweigend.

Schließlich lehnt sich Ben sehr zufrieden zurück. Also ob Andrea Simon seine Gedanken lesen könnte, bietet sie noch einen Espresso zum Apfelkuchen an. Das Leben kann auch schön sein. Trotz schwieriger Ermittlungen.

„Frau Simon", beginnt er vorsichtig. „Sie können sich ja denken, dass wir nicht wegen des vorzüglichen Essens allein hergekommen sind."
„Aber nein. Mit ist schon klar, dass Sie wieder alles mögliche werden wissen wollen", gibt sich die Gute tapfer.
„Also. Der Herr Zemmler hat ja Ihnen am allermeisten anvertraut, haben Sie einmal gemeint."
„Ja, das stimmt auch," bekräftigt sie. Ben hört ihr an, dass sie auf der Hut ist. Sie wird ganz genau überlegen, welche Geheimnisse sie bereit ist auszuplaudern und was bei ihr unter Verschluss bleibt.
„Es ist wichtig, dass wir den Mörder finden. Das sehen Sie doch auch so, Frau Simon. Oder etwa nicht?"
„Oder die Mörderin", ergänzt Tonja und legt wieder einmal ihr Handy zur Aufnahme bereit, was Frau Simon argwöhnisch beobachtet.
„Der Herr Zemmler hat seit Jahren der Frau Berger eine nette Summe überwiesen. Wissen Sie, wofür?"
„Die Greta hat den Walter erpresst."
„Womit? Wissen Sie das vielleicht auch?"
Andrea Simon hält inne, presst ihre Lippen aufeinander. Ben hält sich zurück. Wieder einmal wird er das approbate Mittel des Schweigens zur richtigen Zeit als Ermittlungsmethode einsetzen. Je länger man schweigt, desto mehr kommt ein Zeuge unter Druck. Irgendwann bricht er das Schweigen, weil er es nicht mehr aushält. Und so ist es auch diesmal.

„Die Greta hat dem Walter versprochen, Elisabeth nicht zu verraten, dass Sophie seine Tochter ist."

Wieder wird ihr Mund zu einer schmalen gepressten Linie, als ob sie verhindern möchte, dass ihr weitere Worte entschlüpfen. Ganz steif sitzt sie da auf dem Sessel. Es tut Ben leid, dass er sie so in die Zwickmühle bringt.

„Wir müssen darüber reden, Frau Simon. Und das Geheimnis ist doch schon lange gelüftet. Spätestens seit der Scheidung der Zemmlers ist das doch gar kein Druckmittel mehr!" Tonja streichelt Andreas Arm mitfühlend und die Frau entspannt sich ein bisschen.

„Jetzt ist es ja wirklich egal. Der Walter ist tot."

„Eben", bestärkt Ben sie weiterzureden.

„Die Elisabeth wusste wirklich nie, dass die Sophie Walters Tochter ist. Also zumindest nie offiziell. Ob sie von Gerüchten gehört hat, das weiß ich nicht."

„Ja, aber ist die Frau Zemmler nicht eine Freundin gewesen?"

„Ganz früher einmal, als wir noch ganz jung waren. Als die Heidi, die Elisabeth und ich … Ach, das ist alles so lange her."

„Sie hatten dann ja auch eine Affäre mit dem Herrn Zemmler, nicht?"

Andrea Simon springt von ihrem Stuhl auf.

„Das wissen Sie? Ja, von wem denn? So alte Geschichten ausgraben … nein. Das bringt kein Glück."

„Da haben Sie vollkommen recht, Frau Simon", tröstet Tonja. Aber es muss sein. Wenn es sonst keine Möglichkeit gibt, den Tod des Baulöwen aufzuklären, dann muss eben auch die Vergangenheit auf den Tisch.

„Bevor ich mit dem Walter zusammen war, habe ich nichts davon gewusst. Als wir dann ein Paar waren, hat er es mir unter dem Siegel der Verschwiegenheit erzählt. Er hat mich sogar einmal gebeten, der Greta ein Geldkuvert zu überbringen. Und als die Elisabeth mich hinausekeln wollte, hatte ich keinen Grund mehr, ihr auch nur irgendetwas zu erzählen. Als wir uns dann später halbwegs versöhnt hatten, war es zu spät, das Geheimnis zu lüften. Das hätte nur alte Gräben zwischen ihr und mir wieder aufgerissen."

Frau Simon wirkt erleichtert. Jetzt ist die Wahrheit im Licht. Was auch immer nun passieren wird, sie ist keine Geheimnisträgerin mehr.

„Dass der Walter aber bis zum Schluss Schweigegeld gezahlt hat, das habe ich nicht gewusst. Es war einfach kein Thema mehr."

31

„Was war kein Thema mehr? Guten Tag allerseits. Darf ich mich dazusetzen und bekomm ich bitte auch einen Kaffee, Frau Simon?" Freya ist heute halbwegs gut gelaunt. Das verspricht ein einigermaßen ergiebiges Gespräch zu werden, hofft Ben.

„Nicht vielleicht vorher eine Suppe, Krautfleckerln, Frau Sturm?", vergewissert sich die Haushälterin vorsichtig. Aber Freya hat schon in der Stadt etwas gegessen und besteht darauf, nur einen Kaffee zu wollen.

Frau Simon zuckt die Achseln und macht sich an die Arbeit, während Ben erklärt, dass auf Walters Handy Fotos gerettet werden konnten, von denen er hofft, dass sie ihn bei den Ermittlungen weiterbringen.

„Kennen Sie die Person hier", Ben zeigt das Handyfoto, auf dem er Greta Berger vermutet. Andrea Simon schaut ihm neugierig über die Schulter.

„Das ist die…", beginnt Frau Simon, überlegt es sich aber anders. „Da kann man doch niemanden zweifelsfrei identifizieren", beendet sie ihren Satz.

Freya nimmt Ben das Telefon aus der Hand, betrachtet das Foto eingehend. Vergrößert das Bild im Gesichtsbereich und schüttelt ratlos den Kopf.

„Schwierig. Ich habe da zwar schon einen Tipp, aber nein. Den behalte ich lieber für mich. Aufgrund dieses Fotos kann man wirklich niemanden verdächtigen!"

„Gut. Ich kann Sie verstehen", meint Ben. „Was würden Sie sagen, wenn ich behaupte, das ist Frau Berger? Greta Berger."

„Ja. Das könnte sie schon sein", meint Freya.

„An sie habe ich im ersten Moment auch gedacht“, bestätigt Andrea Simon.
Freya sucht etwas in ihrer Handtasche.
„Ich habe auch fotografiert. Jetzt, da Sie uns das Foto gezeigt haben, fällt es mir wieder ein. Warten Sie! Gleich hab ich es.“
Sie wischt jede Menge Probenfotos weg, bis sie zu dem Foto kommt, das sie Ben zeigen will.
„Plötzlich war da so ein komisches Geräusch. Nein. Zuerst waren da Schritte zu hören. Josef meinte, dass es ein Reh oder sonst ein Tier sein könnte. Also haben wir uns nicht beirren lassen. Aber dann war wieder dieses Geräusch und ein plötzliches Licht. Und deshalb hab ich mein Handy genommen, die Taschenlampe als Blitzverstärker danebengehalten und einfach so in die Dunkelheit hineinfotografiert. Aber da war dann nichts mehr. Und ich habe auch gar nicht mehr daran gedacht.“
„Sie hatten Besseres zu tun“, kommentiert Tonja und erntet ein kokettes Lächeln ihres Gegenübers.
Ben nimmt Freyas Handy und zieht das Foto zwischen Daumen und Zeigefinger auf. Er pfeift zwischen den Zähnen.
„Olala“, tönt auch Tonjas Kommentar beifallsartig an sein Ohr.
„Wenn das nicht der Geist unseres allseits beliebten Fotomodells ist“, freut sich der Kriminalgruppeninspektor zu Recht. Denn das Foto zeigt eindeutig Greta Berger.
„Diese heimtückische Schlange“, zischt Andrea Simon. „Die hat noch niemandem Glück gebracht!“
Das Foto dokumentiert Greta Berger, wie sie mit erhobener Hand direkt hinter Walter Zemmler steht. Die Pose ist eindeutig. Sie stößt ihn über die Mauer. Sein Gesichtsausdruck ist entsprechend erschrocken.

„Unglaublich“, entfährt es Tonja. „Wenn das kein Beweis ist, dann weiß ich auch nicht!“ Tonja fotografiert das Foto von Freyas Telefon ab.
„Ich schicke es Ihnen“, verspricht diese, doch Benjamin braucht das ganze Mobiltelefon zur Beweissicherung. Es müssen die Koordinaten, die Uhrzeit et cetera von Experten festgehalten und protokolliert werden.
„Aber das geht nicht! Ich muss erreichbar sein. Ich brauche doch alle meine Daten, Kontakte. Wir stehen kurz vor der Premiere“, verwehrt sich Freya Sturm gegen die Konfiszierung.
Ben versucht sie zu beruhigen und erklärt, dass die Datensicherung in der Kriminaltechnik eine Sache von Minuten sei. Wenn sie sich nicht von ihrem Mobiltelefon trennen könne, dann müsse sie die beiden Ermittler nun auf der Stelle dorthin begleiten. Es muss nachvollziehbar sein, dass sie in der Zwischenzeit die Daten nicht manipuliert hat. Daher darf Ben dieses brisante Beweisstück nicht mehr aus der Hand geben.
„Meine Güte. Nichts als Scherereien und Schwierigkeiten“, schimpft sie.
„Na die paar Unannehmlichkeiten wird Ihnen der Walter ja wohl noch wert sein“, klinkt sich Andrea Simon ein und wird von Freyas Blick fast erdolcht. Aber es nützt nichts, sie muss sich fügen, was sie möglichst schnell hinter sich bringen will.

„So, wie mich unser lieber Walter zum Schluss behandelt hat, ist er mir nicht viel wert“, giftet die Witwe.
„Er war wohl doch eifersüchtig, wenn er sie bespitzelt hat“, versucht Tonja versöhnliche Töne anzuschlagen. „Vielleicht wollt er bei der Probe zusehen. Sich womöglich entschuldigen.“

„Und hat Sie dann aber leider inflagranti erwischt. Das waren seine letzten Bilder vor seinem Tod“, wirft Andrea Simon ihrer Chefin vor.
„Er hat mich doch dazu getrieben, der alte Sack! Mit seinem Misstrauen. Und mit seiner präpotenten Art. Er hat mich mit seinen eigenen ständigen Seitensprüngen erst auf die Idee gebracht, dass ich mich auch anderweitig vergnügen könnte“, bleibt ihr Frau Sturm nichts schuldig.

Tonja rollt die Augen. Was für eine feine Gesellschaft. Vielleicht verdirbt Geld doch den Charakter, wie ihre Oma immer behauptet hat.

Ben drängt zum Aufbruch.

32

Schon wieder im Karawankenblickweg.
„Falls hier in nächster Zeit irgendwo eingebrochen wird, gibt es sicher einen netten Nachbarn, der unser Kennzeichen schon aufgeschrieben hat, weil er es verdächtig findet, dass wir hier so oft stehen“, versucht Tonja zu witzeln, weil sie sieht, dass Ben ziemlich angespannt ist.
Er überlegt, wie er der Lügenbaronin beikommen soll, denkt Tonja. Aber nach einem kurzen Blick auf das außergewöhnlich gute Beweisfoto müsste die Dame einknicken und erkennen, dass es nun keine Ausflüchte mehr gibt.
„Mach dir keine Sorgen, Ben. Wir kriegen sie. Sie ist ja sogar mit dem Opfer am Foto. In absolut eindeutiger Pose. Was wollen wir mehr?“
„Ja. Eh. Aber mittlerweile kann ich diese Berger schon sowas von nicht ausstehen. Aber gut. Ich bin Profi. Ich reiß mich jetzt zusammen. Und falls nicht, dann weißt du, was du zu tun hast.“
Tonja zeigt den Daumen nach oben und drückt dann damit auch gleich auf die Klingel. Ein bisschen länger als notwendig.

„Was soll das?“
Eine sichtlich grantige Greta Berger reißt die Tür auf und erschrickt, als sie Ben und Tonja vor sich sieht. „Schon wieder Sie! Wollen Sie hier einziehen. Ich sag es Ihnen gleich, die Miete ist nicht billig.“
Greta wendet ihnen den Rücken zu und geht in ihr Wohnzimmer. Sie geht davon aus, dass ihr die beiden folgen.
„Bitte sehr“, weißt ihnen die Dame des Hauses wieder Plätzen auf dem Sofa zu.

Ben winkt ab. Es dauert nicht lange. Sie soll sich am besten einen Mantel holen und Schuhe anziehen. Sie muss mitkommen. Damit hat sie nicht gerechnet.
„Sind Sie verrückt? Was wollen Sie von mir? Haben Sie jetzt plötzlich Beweise, die mich belasten?"
Ihre Stimme wird immer schriller, je lauter sie sich wehrt.
Ben zückt sein Telefon und hält ihr das Beweisfoto unter die Nase. Ernüchtert lässt sie sich aufs Sofa nieder. Wortlos. Fürs erste zumindest.
„Frau Berger. Wir müssen Sie mitnehmen. Das verstehen Sie doch", mischt sich nun Tonja ein, die Bens verzweifelten Gesichtsausdruck als Überforderung deutet. Er weiß nicht, wie er mit dieser Frau umgehen soll. Sie verunsichert ihn massiv.

„Sie glauben doch nicht im Ernst, dass ich meinen Förderer umbringe?" Greta hat ihre Fassung wiedergewonnen.
„Ach? Sie haben also mit Ihrem Gatten über ihr Körberlgeld gesprochen? Das sie von Herrn Zemmler erpresst haben? Allein dafür könnte ich Sie schon verhaften, Frau Berger", gibt Ben den gestrengen Kriminalinspektor.

„Ich bitte Sie!"
Gretas Stimmlage wird wieder sanfter. Sie denkt, sie kann sich noch einmal herausreden. Aber nicht bei Ben. Er hasst es, wenn Menschen nicht einschätzen können, wann sie beginnen, den Bogen seiner Geduld zu überspannen.
„Ich denke, Diskussionen sind bei dieser Beweislage überflüssig. Sparen wir uns dieses Theater, Frau Berger. Ihr Mann hat uns glaubwürdig auseinandergesetzt, dass Sie Herrn Zemmler erpresst haben. Eine weitere Zeugin hat uns diesen Tatbestand bereits bestätigt. Und dieses Foto kann man nicht

anders deuten, als dass sie das Mordopfer über die Brüstung gestoßen haben. Warum Sie das getan haben, das wird vor Gericht geklärt werden. Also kommen Sie anstandslos mit oder muss ich die Kollegen mit den Handschellen bitten zu kommen?"
Greta Berger beginnt gekonnt zu schluchzen. Ob echt oder gespielt ist schwer zu beurteilen, findet Tonja.

„Ich wollte doch nicht den Walter Zemmler stoßen!", gibt Greta preis.
„Sondern?", reagiert Ben Groß alarmiert. Was ist hier los? Worauf will diese schreckliche Frau jetzt wieder hinaus, fragt er sich.
„Ich dachte doch, dass ist der Josef, der seiner blöden Freya nachschnüffelt!"
„Wie bitte? Sie wollten Ihren eigenen Mann umbringen?"
„Aber nein! Ich wollte ihn doch nicht umbringen. Ich bin gestolpert und wollte mich festhalten und dann ist es eben passiert!"
Also, wer soll denn das jetzt glauben, überlegt Tonja obwohl sie zugeben muss, dass das durchaus hätte sein können. Man könnte das Bild auch so interpretieren. Auch wenn es eben nicht der Josef Berger gewesen war, an dem sich Greta festhalten hätte wollen.
„Das sind doch Schauergeschichten. Sie kommen jetzt mit. Basta", spricht Ben ein Machtwort und zückt sein Telefon, um seiner Delinquentin zu zeigen, dass er es ernst meint. Er würde die Kollegen anrufen, damit sie die Verdächtige abführen.

„Ich mach ja schon“, gibt sich Frau Berger geschlagen und geht in die Garderobe, um sich anzuziehen. Da erhält Ben einen Anruf.
„Die Prosektur hat auch schon etwas Neues“, teilt er Tonja mit, wer anruft. Sie gesellt sich zu Frau Berger, damit diese nicht womöglich auf Fluchtgedanken oder anderes kommt.

„Das ist jetzt nicht wahr! Und das habt ihr gerade erst herausgefunden? Na ja. Besser jetzt als nie. Danke. Du schickst mir den Bericht noch, oder? Passt.“
Damit legt Ben wieder auf und bleibt sinnend in der Tür stehen. Was bedeutet das jetzt? Tonja schaut ihn fragend an.
„Erklär ich dir später. Jetzt fahren wir erst einmal in die Polizeidirektion und geben diese Dame hier ab. Und dann muss ich noch etwas klären, bevor es zur klassischen Vernehmung geht. Das ist ein Tag, heute!“
„Vielleicht beenden wir die Sache ja heute? Was meinst du?“
Tonja ist zuversichtlich. Mittlerweile hat sie ein Gespür dafür entwickelt, wenn der Punkt erreicht ist, an dem sie in die Zielgerade einbiegen. Irgendwie kommt es ihr so vor, als wäre es soweit.
„Das könnte schon sein“, hofft auch Ben endlich Morgenluft zu wittern, wie der Jäger es so schön formulieren würde.

33

Ben lässt Greta Berger im Vernehmungsraum bei einem Kaffee warten und geht in sein Büro, wo Tonja schon auf ihn wartet.

„Na endlich“, gibt sie ihm zu verstehen, dass ihre Geduld enden wollend ist. „Jetzt erzähl endlich! Was hat die Pathologie herausgefunden?“

„Unsere Greta ist unschuldig!“

Ben genießt es sichtlich, Tonja nur in kleinen Häppchen mit Informationen zu füttern.

„Wie? Unschuldig? Das gibt es doch nicht!“

„Doch. Zumindest hat sie den bösen Walter nicht ums Eck gebracht.“

„Sondern?“

„Sie hat ihn zu Fall gebracht. Aber: Das hat ihm nicht das Leben gekostet. Ein paar Prellungen, Bruch des Oberarms links. Sonst nichts, was man ihr zur Last legen kann. Also mit dem Foto als Beweisgrundlage.“

„Na bravo.“

Tonja setzt sich in Bens monströsen Lederbürostuhl, in dem sie versinkt, als ob sie ein kleines Mädchen wäre. „Dann musst du sie richtig anfassen, damit sie endlich singt.“

Ben lacht ob Tonjas halbstarker Ausdrucksweise.

„Das krieg ich hin. Obwohl…“

„Was?“

„Ich habe da so meine Zweifel, ob wirklich die Berger es war, die dem Zemmler den Garaus gemacht hat.“

„Wieso denn das?“

„Ich trau ihr nicht zu, dass sie so kaltblütig ist, dem Mann Nase und Mund so lange zuzuhalten, bis er tot ist.“

„So wurde der umgebracht? Das ist ja furchtbar! Nicht, dass eine andere Art und Weise entschuldbar wäre. Aber das ist ja … also da gehört schon etwas dazu! Hass wahrscheinlich. Abgrundtiefer Hass!"

Tonja ist völlig am Boden zerstört. Ja, sie liebt Krimis. Ja, sie liebt auch ihre Verbrecherjagd. Aber, dass hier, im lieblichen Klagenfurt, jemand eine solche Tat begehen kann, das stößt sie ab. Lehrt sie das Fürchten.

„In was für einer Welt leben wir?" Tonja geht zum Bücherschrank, holt hinter dem dicken Gesetzeswälzer eine Flasche Schnaps hervor und trinkt direkt aus der Flasche, bevor sie diese Ben hinhält. Dankbar greift er danach.

„Notfall!"

„Schwerer Notfall", bestätigt Ben und verstaut seine Notfalltropfen wieder hinter dem Buch.

„Außerdem hat die KTU Spuren von Maschinenöl an Nase und Mund gefunden", schildert Ben die aktuellen Erkenntnisse.

„Motoröl? Wer von unseren Zeugen aus dem unmittelbaren Zeugen hantiert mit Motoröl?"

Die beiden sehen sich an und haben dieselben Gedanken.

„Da kommen ja eher Männer infrage, oder?", meint Ben und Tonja zeigt ihm ihre Hände, die auch Spuren von Öl hinter den Fingernägeln aufweisen.

„Frau Tonja Stein, dann verhafte ich Sie wegen des dringenden Tatverdachts, Hand an ihr Auto gelegt zu haben!"

Tonja lacht.

„Nein, im Ernst Tonja. Ich denke, da bist du eher die Ausnahme als die Regel. Es sind eher Männer, die an

irgendwelchen Maschinen herumschrauben und sich tatsächlich die Finger schmutzig machen."
„Wahrscheinlich hast du wieder einmal Recht, Herr Kriminalgruppeninspektor. Mir fallen so auf die Schnelle zwei Herren ein, die von Berufs wegen mit Motoröl zu tun haben. Und beide waren nicht gut auf das Mordopfer zu sprechen", hebt Tonja ihr Wissen hervor. Denn wenn sie nun der Lösung des Falls so nahe sind, will sie sichergehen, dass ihr Schwager nicht vergisst, was für eine tolle Assistentin sie ist. Sie hat zwar im Moment durchaus einiges an Material für ihren Roman gesammelt. Aber viel ist nicht genug. Sie will auch beim nächsten Fall unbedingt wieder in den Genuss der Recherche vor Ort kommen.

„Ich denke, wir knöpfen uns zuerst einmal den Schwiegersohn vor. Der hat eindeutig etwas davon, wenn der Alte weg ist."
Ben schnappt sich den Büroschlüssel vom Schreibtisch und wendet sich zur Tür.
„Und die Frau Berger?"
„Die kann jetzt ruhig ein bisschen warten. So unschuldig ist die nicht. Die hat unsere Ermittlungsarbeit schwerstens behindert, indem sie so lange geschwiegen hat. Jetzt darf sie darüber einmal ein bisschen nachdenken", poltert Ben.
„Du klingst wie früher meine Mam. Wenn ich etwas angestellt hatte, musste ich auch auf mein Zimmer gehen – zugegeben, es war weitaus gemütlicher als die Vernehmungszellen hier – um über meine Verfehlung nachzudenken. Und schließlich wollte sie dann, dass ich mir selbst eine Strafe für mich ausdenke. Kannst du dir das vorstellen? Das ist mir sowas von auf die Nerven gegangen."

„Die Strafe werden sich in unserem Fall hier schon die Behörden ausdenken. Da bin ich auch froh, damit nichts zu tun zu haben. Ich wäre ein fürchterlicher Richter."
Tonja kann sich das sehr gut vorstellen.
„Oder Staatsanwalt."
„Genau", stimmt Ben zu und eilt hinaus, sodass Tonja Mühe hat ihm zu folgen.

34

In einem Nebengebäude eines alten Bauernhofes in Pörtschach finden Tonja und Ben die kleine Werkstatt von Theo Schatz. Auf der Hebebühne steht ein Sportwagen, dessen Marke nicht erkennbar ist. Der junge Autobauer steht ölverschmiert unter dem Auto und versucht mit verkniffenem Gesicht eine Schraube anzuziehen.

„Herr Schatz?", macht sich Ben bemerkbar.

Theo schaut über die Schulter, hebt das Kinn.

„Einen kleinen Moment. Ich hab´s gleich! Da ist ein Schlauch undicht."

Tonja schaut sich interessiert um. Nicht schlecht, was da an Werkzeug herumliegt. Das kostet ein Vermögen. Alles relativ sauber. Ordentlich.

„Ja, wenn man den Sachen nicht einen eigenen Platz zuweist, ist man aufgeschmissen. Da findet man nie wieder etwas. Außerdem sehe ich dann auch sofort, welches Werkzeug ich jemandem geborgt habe. Man glaubt gar nicht, wie vergesslich die Kumpels in Bezug auf Werkzeug sind", sichtlich gut gelaunt plaudert Theo drauflos.

Der hat jedenfalls kein schlechtes Gewissen, denkt sich Tonja. Wäre auch schade. Wenn er seiner Freundin den Vater genommen hätte, das könnte diese ihm wohl nie verzeihen.

Ben zeigt Tom das Foto, auf dem ersichtlich ist, wer Walter Zemmler von der Mauer gestoßen hat.

„Wer ist das? Hat sie den Alten umgebracht?"

„Sagen Sie es mir", kontert Ben und beobachtet scharf Theos Mimik. Aber da ist nichts. Kein Funken einer Unsicherheit, einer Schrecksekunde. Nichts.

„Wieso ich?"
„Waren Sie am 10. Oktober in der Nacht auf der Gloriette oder auf der Burgruine Leonstain?"
Ben nimmt es jetzt aber ganz genau, wundert sich Tonja. Es müsste ihm doch auch schon längst klar sein, dass der Bursche nichts damit zu tun hat.
„Nein. Sicher nicht. Da hatte ich echt Besseres zu tun. Also wahrscheinlich", kontert er.
„Sie wissen gar nicht, wo Sie waren?" Tonja ist kurz beunruhigt. Hat Ben mit seiner Verdächtigung etwa ins Schwarze getroffen?
„Moment. Das lass ich sicher nicht auf mir sitzen, Herr Kommissar."
Theo geht zu einem kleinen Schreibtisch in den hinteren Teil seiner Werkstatt und holt sein Telefon. In seinem Kalender sucht er den 10. Oktober heraus.
„Also, da steht es. Am 10. Oktober ist ja Tag der Kärntner Volksabstimmung. Und ich habe mit ein paar Freunden super Stimmung gemacht. Da. Fotos gibt es auch!"
Er zeigt Tonja und Ben Fotos, auf dem ein paar junge Männer, ganz offenbar nicht mehr ganz nüchtern, in der Wörtherseebar Aqua zu sehen sind. Die Fahne, die über die Brüstung hängt zeigt deutlich, dass hier Heimatverbundenheit demonstriert wird, was auf das entsprechende Datum schließen lässt. Jedenfalls kann man das nachprüfen, konstatiert Tonja.
„Gut. Dann brauche ich die Namen und Telefonnummern Ihrer feinen Freunde hier und meine Kollegin wird die Herren anrufen, um Ihr Alibi zu überprüfen."
„Halt. Halt. So einfach geht das nicht. Auch wenn Sie die Polizei sind. Schon etwas von Datenschutzgrundverordnung gehört?"

Tonja muss grinsen. Netter Versuch, aber wenn die Polizei ermittelt, dann sind solche Verordnungen, wie auch immer sie heißen mögen, völlig zahnlos.
„Dann konfisziere ich hiermit Ihr Mobiltelefon um die Daten, die Sie angegeben haben von unseren Spezialisten checken zu lassen."
Ben hat einfach immer alle Trümpfe in der Hand. Tonja zollt ihm vollsten Respekt, wie er da so völlig unaufgeregt zu den Informationen kommt, die er haben will.
„Mein Handy bekommt genau niemand", revoltiert Theo. „Dann gebe ich Ihnen lieber die Kontakte weiter. Zwei werden ja wohl reichen, oder?"
„Völlig", ist Ben zufrieden.

Während Tonja nach den Alibibestätigungen telefoniert, fällt Theo etwas ein.
„Es gibt noch jemanden, der bezeugen kann, dass ich nicht auf der Burgruine war."
„Ach ja?"
„Ich weiß nicht, ob Sie meinen Chef kennen? Ich arbeite bei Mercedes Hofer."
„Peter Hofer?"
„Genau der."
„Und der kann genau was bezeugen?"
Ben wird schon ein wenig ungehalten, weil sich das Gespräch so schleppt. Und weil er eigentlich nur auf Tonjas Bestätigung wartet, dass Theos Angaben richtig sind. Mehr braucht er nicht. Er braucht keine gefühlt hundert Beteuerungen, dass Theo nicht der gesuchte Täter ist.
„Der Herr Hofer hatte eine Reifenpanne. Genauer gesagt einen Reifenplatzer. Das war auf der Autobahn kurz nach der

Abzweigung nach St. Veit. Ich habe ihn gesehen, bin stehengeblieben, hab ihm geholfen und bin dann ein bisschen zu spät zu unserem Treffen in Velden gekommen."

Das ist interessant. Dass der Herr Hofer auch in dem Umfeld unterwegs war! Zur fraglichen Zeit. Ben nickt zufrieden und versucht bei Tonjas Telefonaten herauszuhören, was das Ergebnis der Nachfrage ist.

Es klingt so, als ob Theo Schatz aus dem Schneider ist.

Gut, denkt Ben. Dann schauen wir einmal beim Herrn Hofer ein wenig genauer nach. Der hat auch ein gewichtiges Motiv, den alten Freund nichts Gutes zu wünschen. Allerdings hätte Ben nicht gedacht, dass dieser so besonnen wirkende Mann solche Hassgefühle entwickeln könnte, dass er Zemmler umbringt. Aber er weiß auch, dass gerade so stille Wasser wie es dieser Autohändler zu sein scheint, einen ganz schön täuschen können.

Nachdem Theos Alibi auch von seinen Freunden durch gewinkt worden war, verabschieden sich die beiden und Ben überrascht Tonja mit seinem neuen Ermittlungsansatz.

35

„Frau Mayer! Wie gut, dass ich Sie gleich erreiche. Tonja Stein hier. Die Assistentin von Kriminalgruppeninspektor Groß. Sie erinnern sich?"
Tonja hört deutlich, dass sie zur Unzeit anruft. Was soll´s? Was sein muss, muss sein.
„Nur ganz kurz. Erinnern Sie sich, oder vielleicht können Sie ja auch in Ihrem Probenplan nachsehen, damit wir Ihre Auskunft gleich verbindlich haben, ob Herr Hofer am 10. Oktober bei der Probe anwesend war?"
„Einen Moment. Ich hole meinen Timer."

Ben beißt genüsslich von einer Wurstsemmel ab, die er sich gerade am Bauernmarkt geholt hat. Er genieß seine Minipause und freut sich schon darauf, am Abend mit Sabine vor dem Fernseher zu hocken, bei einem feinen Gläschen Roten.

„Ja, Frau Mayer?"
„Er war da. Verspätet. Eine Reifenpanne."
Ein Blick in Bens Gesicht genügt und Tonja weiß, dass Ben alles mitbekommen hat. Endlich kann auch sie sich ihrem Weckerl mit Hirtenaufstrich widmen. Ah, ist das gut. Schweigend kauen und schmatzen die beiden vor sich hin.

„Dass ich ja keine Brösel von deiner Jause hier drin finde", fordert Tonja Ben zur Sauberkeit auf. Eigentlich hat sie es nur im Spaß gemeint, doch Ben zupft sich pflichtschuldig die Brösel von seinem Sakko.

„Dass der Hofer bei der Probe war, bringt uns nicht wirklich weiter. Es ist nur eine weitere Bestätigung dafür, dass der Theo Schatz die Wahrheit gesagt hat."
Ben überlegt fieberhaft. Es muss einen Weg geben, den Autohändler Hofer so zu befragen, dass er auf eine Weise antworten muss, die ihn entlarvt oder entlastet.

Tonja schaut auf die Uhr. Eigentlich Zeit, Schluss zu machen.
„Du hast Recht, Schwägerin. Wir machen Schluss für heute. Ich schick jetzt noch den Johannes Ernst mit der Kriminaltechnik zum Hofer, damit er eine Probe vom Schmieröl nimmt, das dort in der Werkstatt verwendet wird."
„Geh, das bringt doch nichts! Die verwenden doch zig verschiedene Marken und Zusammensetzungen."
„Egal. Vielleicht haben wir ja trotzdem Glück", ist Benjamin zuversichtlich. Nicht zuletzt durch die Aussicht auf den relaxten Feierabend.
Nein", sagt Tonja bestimmt. Wir fahren da jetzt noch schnell selbst hin. Vielleicht treffen wir den Hofer ja gleich persönlich an und fragen ihn geradeheraus, was er bei seinem Wagen für ein Schmieröl verwendet."
„Weißt du was? Du bist die Beste! Wir machen das anders. Wir fahren zu den Hofers. Und du nimmst mit einem Taschentuch den Dreck von den Radmuttern seines Wagens ab. Das bringst du dann dem Ernst zur Analyse."
„Jawohl, Chef. Gute Idee!"

Ben räuspert sich ein wenig verlegen.
„Du Tonja? Wäre es sehr unverschämt zu fragen, ob du mich nicht vorher heimbringen könntest? Ich hab so einen Hunger, dass ich ein ganzes Rindvieh verspeisen könnte."

Tonja lacht laut auf und schüttelt den Kopf. Im Gegenteil. Es ist ihr sogar sehr recht. Denn dann kann sie Johannes alleine treffen. Und wer weiß, was sich daraus heute vielleicht noch ergibt. Schlafen wird überbewertet.

36

Endlich allein! Sie lehnt sich entspannt in den bequemen Autositz. Sie wählt eine CD ihres aktuellen Lieblingsinterpreten. Zucchero. Reibeisenstimme, guter Sound, intelligente Texte. Tonja ist tagsüber gar nicht aufgefallen, wie anstrengend es war, den ganzen Tag Menschen zu besuchen, zu befragen, zu beobachten.

Mitten in ihren Musikgenuss hinein klingelt ihr Handy. Sie schaut auf das Display. Mario. Sie lässt es klingeln. Sie hat eigentlich jetzt überhaupt keine Lust auf einen Mann, der entweder beleidigt, beleidigend oder vorwurfsvoll sein wird. Da es nicht aufhört zu klingeln, schaltet sie das Handy auf lautlos. Was er wohl will? Die Neugier ist wirklich ein verflixtes Laster, denkt sie bei sich.

Eigentlich war sie beim letzten Telefonat mit Mario doch sehr deutlich gewesen. Wann ist das eigentlich gewesen? Gestern? Vorgestern. Sie hat völlig das Gefühl für die einzelnen Tage verloren. Die Zeit war so angefüllt mit Tun, Zuhören, Aufschreiben und Fragen. Zusammenhänge herstellen, aufpassen, ob und wie man angelogen wird. Schon ein seltsamer Beruf, den Ben hat. Auf Dauer könnte sie das nicht durchhalten und ist froh, dass sie es sich aussuchen kann, wann sie mitmacht und wann sie sich ausklinkt.

Wieder brummt das Telefon. Er wird nicht aufgeben, kennt Tonja ihren Ehemann, Noch-Ehemann. Es läuft wohl tatsächlich auf eine Scheidung hinaus.

„Hallo Mario," begrüßt sie ihn, „ich habe wenig Zeit. Was gibt es?"

„Tonja, Liebes. Ich muss mit dir reden. Ernsthaft."
„Bitte. Tu dir keinen Zwang an. Aber kurz bitte."
„Tonja, ich glaube, dazu sollten wir uns treffen. Ich komme mit Essen von deinem Lieblingsasiaten und dann nehmen wir uns ganz gemütlich Zeit füreinander."
„Nein. Mario. Hör zu. Ich war jetzt seit Monaten nicht mehr zuhause. Immer kommst du ins Mobilhome. Warum?"
„Dafür habe ich meine Gründe, wie du weißt…"
Das war der berühmte letzte Tropfen, der das Fass zum Überlaufen bringt. Tonja hat genug.
„Es ist genauso mein Haus wie deines, mein Guter! Ich habe da jetzt viel zu lange zugeschaut. Ich habe kein schlechtes Gewissen mehr. Ich habe gebüßt. Jede Strafe hat auch einmal ein Ende. Und wenn du sie nicht beendest, dann tue ich es. Hiermit und unwiderruflich." Tonja ärgert sich schon wieder, dass sie sich so leicht aus der Fassung bringen lässt. Immer noch.
„Schau, Liebes. Als Schuldirektor kann ich es mir nicht leisten, wenn man hinter meinem Rücken über dich redet. Und vor allem was man über dich redet."
Jetzt war das Maß endgültig voll.
„Dann lass mich einfach in Ruhe. Sag deinen großartigen Einflüsterern, Whistle-Blowern und Hinter-dem-Rücken-Klatschbasen, dass wir kein Paar mehr sind. Und aus."
Am liebsten würde sie jetzt auflegen, aber sie spürt, dass sie hier und jetzt etwas zu Ende bringen muss.
„Du triffst dich angeblich mit wildfremden Männern in Stundenhotels."
„Was ich tue oder nicht, geht außer mir niemanden etwas an. Du hast mich zuhause rausgeworfen. Schon vergessen? Ich bin dir keine Rechenschaft schuldig!"

Tonja fühlt, wie sich Atemzug für Atemzug Befreiung in ihrem Herzen breit macht. Sie liebt Mario nicht mehr. Er kann ihr nichts mehr anhaben. Ihr nicht mehr weh tun. Er kommt nicht mehr nahe genug an sie heran. Das ist nun schon die dritte Konfrontation bei der es ihr gelingt, ihm Paroli zu bieten. Sie schickt ein Stoßgebet zum Himmel „Danke!"
„Was hast du gesagt?"
„Danke! Danke hab ich gesagt."
„Wofür?"
„Dass ich mich nicht mehr wie dein Schoßhündchen fühle?"
„Bist du krank? Hast du Fieber? Was redest du da für wirres Zeug? Ich bin in einer Stunde bei dir."
„Oh, nein. Du bleibst wo du bist, Mario. Und: ruf mich nicht mehr an. Ich reiche morgen die Scheidung ein."
Und schon hat sie mit klopfendem Herzen aufgelegt. Hat sie das jetzt wirklich gesagt? Schon brummt ihr Telefon erneut. Mario. Doch diesmal geht sie sicher nicht ran. Sie weiß ganz genau, was er sagen will. Und genau das, will sie nicht hören. Nie mehr. Sie ist frei!

Ben wird das sicher verstehen. Ben versteht alles.

37

Als Ben und Tonja auf das Firmengelände von Peter Hofer einbiegen, sind die Blaulichtkollegen schon da. Peter Hofer steht in Handschellen neben einem Streifenwagen. Ben deutet dem uniformierten Kollegen, die Handschellen zu entfernen.
„Ich glaube nicht, dass Her Hofer die Flucht ergreifen wird."
„Danke, Herr Kommissar. Aber es haben ohnehin schon alle Angestellten und Nachbarn mitbekommen, dass ich verhaftet worden bin."
„Das tut mir leid, Herr Hofer. Hätten Sie bei unserer Befragung die Wahrheit herausgerückt, hätte ich Ihnen das hier alles ersparen können. Wir wären ganz diskret im Taxi aufs Polizeipräsidium gefahren."
Ben zeigt Mitgefühl mit dem Mann, dem sein angeblich bester Freund übel mitgespielt hat. Wie übel, wird er noch erfahren.
„Es ist egal", flüstert Hofer. „Wir sind ja sowieso am Ende."
„Und ihre Frau?"
Peter Hofer deutet auf das elegante Ausstellungshaus. „Sie ist stärker als es den Anschein hat. Sie schafft das schon. Sie braucht mich nicht. Hat sie nie,", meint er zuversichtlich.
„Warum?"
Ben sieht, dass Hofer sein Geständnis loswerden will, so schnell als möglich. Nichts wäre ihm lieber als die Absolution. Verständnis für seine Tat. Also setzt sich Ben mit seinem mutmaßlichen Täter in den Fond des Streifenwagens. Tonja setzt sich auf den Beifahrersitz. Vor dem Firmengelände sind schon jede Menge Journalisten versammelt. Fotografen. Vertreter der lokalen Radio- und Fernsehsender. Sie werden vom uniformierten Schutzpersonal in Schach gehalten, während der Geschäftsmann seine Schuld gesteht.

„Ich habe auf dem Weg nachhause bemerkt, dass ich meinen Text oben auf der Burgruine habe liegen lassen. Also bin ich umgekehrt und noch einmal zurück. Es war schon dunkel, aber ich wusste genau, wo der Text lag. Ich habe komische Geräusche gehört. Also habe ich mich hingeschlichen. Es war irgendwie unheimlich. Ja, ich mag die Dunkelheit nicht so gerne. Dann bin ich plötzlich gestolpert. Ich habe jemanden weglaufen gehört. Als ich mein Handy eingeschaltet habe, um ein bisschen Licht ins Dunkel zu bringen, habe ich den Walter vor mir liegen sehen. Er lag da wie tot. Dann hat er gestöhnt. Ich wollte plötzlich nicht, dass er noch lebt. Meine Hände haben sich auf seine Nase und seinen Mund gelegt. Ich habe mir noch gedacht, Peter, was tust du da? Hör auf damit. Aber ich konnte nicht. Es war so eine spontane Eingebung gewesen."

„Nein, Herr Hofer. Spontan war das nicht. Denn so ein Tod, wie Sie ihn dem Walter Zemmler beschert haben, da ist nichts Spontanes dabei. Das braucht Ausdauer, bis ein Mensch erstickt. Der wehrt sich. Das dauert. Sie hatten jede Menge Zeit, es sich anders zu überlegen", konfrontiert ihn Ben mit der Sachlage.

„Aber was hätte ich denn machen sollen. Wenn er mich erkannt hat? Und ich hätte ihn am Leben gelassen. Der hätte mich doch angezeigt! Und dann wäre alles aus gewesen!"

„Stimmt, Herr Hofer. Aber jetzt ist auch alles aus. Jetzt sind Sie ein Mörder. Es wird wahrscheinlich keine mildernden Umstände geben", fasst Tonja gekonnt zusammen.

„Das stimmt", Peter Hofer ist völlig geknickt. Er wird nicht leugnen. Er wird alle Schuld auf sich nehmen. Er wird seine Strafe ohne in Berufung zu gehen annehmen.

ENDE

[illegible]

ENDE

Lust auf mehr Krimis aus der Denkwerkstatt von Christina Jonke?

Christina JONKE, Die alte Villa am See – Krimi am Wörthersee I

Was hat eine tote Katze in einer Badehütte zu suchen? Und warum ertrinkt ein routinierter Schwimmer im Wörthersee? Haben die beiden Umstände miteinander zu tun oder ist alles nur Zufall? Tonja Stein ist fast schon lachhaft abergläubisch und angehende Krimiautorin. Ihr Schwager Benjamin Groß lässt sich ganz gerne von ihr chauffieren. Sich bestens ergänzend nehmen sie die Spurensuche auf und kommen so mancher Intrige, dem einen und anderen Techtelmechtel und anderen Geheimnissen auf die Spur.

Christina JONKE, Sushi Taxi – Krimi am Wörthersee II

Warum verschwindet eine erfolgreiche Gärtnerin nach einem Unfall auf der Autobahn spurlos? Die Krimiautorin Tonja Stein und ihr Schwager, Kriminalgruppeninspektor Groß ermitteln am Wörthersee.

Das Auto der Gärtnereibesitzerin Annette Sommeregger wird nach einem Unfall auf der Wörtherseeautobahn verlassen aufgefunden. Von der Fahrerin fehlt jede Spur. Die Behörden stehen vor einem Rätsel, bis sie zum Camp „Camp Sonne“ in Auen gerufen werden. Dort wurde in eines der Mobilhomes eingebrochen. Die ersten Ermittlungen ergeben: Annette und ein Mann haben sich dort eingenistet.

Die Besitzerin des Camps ist Sabine Sonne, eine Freundin der Krimiautorin Tonja Stein, die gerne an der Seite ihres Schwagers, Kriminalgruppeninspektor Benjamin Groß bei den

Untersuchungen assistiert. Auf der Spurensuche zeigt sich, dass Annettes Firma vor der Pleite steht, ihr Mann sich keinesfalls von ihr scheiden lassen will, sie aber durchaus kein Kind von Traurigkeit ist.

Christina JONKE, Hinter verschlossener Tür – Krimi am Wörthersee IV

Markus Malle ist Steuerberater, aber auch passionierter Kunst- und Frauensammler. Letzteres behagt seiner schönen Frau Helena ganz und gar nicht. Als sie ihn nach einem Schuss tot in der Garage auffindet, die Tatwaffe allerdings nicht, ruft das die Ermittler Ben Groß und Tonia Stein auf den Plan. Verdachtsmomente häufen sich zu einem schwer entwirrbaren Knäuel an Motiven, bei denen Geschäftstüchtigkeit ebenso wie Eifersucht und verletzter Stolz Regie führen.

Christina JONKE, Wem die blaue Stunde schlägt…

Maja Moro ermittelt

Der Galerist Lukas Guggendorff wird tot am Rande eines Weinbergs aufgefunden – in unmittelbarer Nähe des Ortes, an dem vor dreißig Jahren auch sein Vater zu Tode gekommen war. Nicht nur die Ermittlungen im undurchsichtigen Umfeld des Kunstmarktes machen der jungen Ermittlerin Maja Moro zu schaffen, auch ihr grundgrantiger Chef Marc Klingenberg ist nicht einfach zu ertragen…

Mehr über die Autorin >>> *www.jonkeonline.at*

Leseprobe:
Christina JONKE, Hinter verschlossener Tür – Krimi am Wörthersee IV

… Das Handy läutet penetrant, Markus Malle seufzt, schaut genervt auf das Display des Mobiltelefons. Tilda. Er stellt das Telefon auf lautlos. Das hätte er schon früher machen sollen. Schon bevor er sich die Strategie zurechtgelegt hat, alle lästigen Kundentermine auf „nach Corona“ zu verschieben. Er hat sich gerade so schön eingerichtet hier, in seinem Homeoffice und verspürt wenig Lust auf die Panik der Unternehmer, die ihre Lebenswerke und Cash-Cows davonschwimmen sehen. Die laut nach Staat und monetärer Unterstützung schreien und das Ganze auch noch möglichst nachhaltig steuerschonend abwickeln wollen. Was hat er immer von Ressourcenbildung und Fixkostenminimierung gepredigt. Aber nein, es musste ja immer möglichst viel aus der Firma herausgezogen werden, für den persönlichen Lebensstil á la Krösus und so wenig Gewinn aufscheinen, um steuerschonend davonzukommen. Und jetzt flattern die Nerven im Sturm. Selbst schuld, wirklich.
Laut sagt er in Richtung seinem edlen Bang-Olufsen Smart-Speaker: „Mr. Saxobeat“. Er greift zum blankpolierten Tenorsaxophon im Lederkoffer und sein Lieblingssong von Alexandra Stan ertönt in klanglicher Luxusqualität aus der Soundbar.
„Lauter“, ruft er gegen die ersten Töne an. Er stellt sich ans bodentiefe Bürofenster, schaut in die skurrile Landschaft des Maiernigg-Auwaldes, in dem sich abgestorbene Bäume gegenseitig zu umarmen scheinen und verliert sich im Saxophonspiel.

Kurz darauf stürmt Helene Malle in ein die Figur betonendes apfelgrünes Sportdress gehüllt das Büro und zieht den Stecker der Lautsprecher. Noch bevor Markus sich umgedreht hat, ist sie auch schon wieder hinter der zugeknallten Bürotür verschwunden.
„Blöde Kuh", schreit Markus ihr hinterher und stellt die Stromverbindung wieder her. „Wenn dieser Drache nicht so gut kochen würde, hätte ich ihn schon längst zum Teufel geschickt."
Doch Markus weiß auch, dass eine Scheidung die Teilung des Vermögens bedeuten würde. Zumindest des Großteils. Er muss sich beizeiten Gedanken um die richtigen Vermögensverschiebungen machen, das ist ihm genauso klar, wie die Tatsache, dass er nicht mehr ewig mit Helene verheiratet sein will. Eigentlich leben sie aus reiner Bequemlichkeit noch unter demselben Dach.

Zum Trost ruft er Andrea an. Über Videotelefonie. Er will ihren sinnlichen Mund sehen - und nicht nur den. Diese verflixte Coronakrise ist einer heißen Affäre nicht gerade zuträglich, aber: sie macht erfinderisch. Andrea hat ein neues Spiel erfunden: Er spielt „Mr. Saxobeat" für sie und sie zieht sich vor laufender Kamera für ihn aus. Erstaunlich gute Bildqualität, die sein Tablet da bietet. Er grinst schon wieder gut gelaunt.
„Hej Baby!" begrüßt er die Frau seines Sozius und eigentlich besten Freundes.
„Hi Süßer", haucht sie lasziv und schminkt sich ihre vollen Lippen in einem verführerischen Rot.

Was sie beide voneinander wollen ist ganz klar definiert. Er aktiviert die Musik und Andrea weiß, was sie zu tun hat. Das nennt man Entspannung. So kann man sich fallen lassen. Saubere Erotik auf Corona-Distanz im Wissen, wie es sich in der Realität angefühlt hat. Das Leben kann so schön sein. Andrea öffnet gerade verheißungsvoll die Knöpfe ihrer Bluse, da rauscht Helene wieder herein und erstarrt mit dem Blick auf sein Tablet. Markus benimmt sich soweit als Ehrenmann, dass er das Tablett umdreht.

„Andrea? Du und Andrea? Dass du dich nicht schämst", schimpft Helene in leicht hysterischem Ton, der dann ins Weinerliche kippt.
„Ich dachte, wir könnten diese idiotische Krise hier als Chance wahrnehmen, Markus! Ich hatte gehofft, dass wir, dass du, dass wir … Die gemeinsame Gartenarbeit … die Poolreinigung als Symbol für den Beziehungsputz … der Spaziergang und das Veilchenpflücken für den Sirup…", Helene kann ihre bisher tapfer zurückgedrängten Tränen nicht mehr halten, ein Sturzbach ergießt sich über ihre Wangen.
„Ich dachte in dem Alter weint man nicht mehr", ist alles, was ihrem Ehemann dazu einfällt. Sie schaut ihn fassungslos an, sodass er doch ein schuldbewusstes „Entschuldigung, ist mir so herausgerutscht" murmelt.
„Was lässt du dich aber auch so gehen", geht er gleich in die Offensive.
Gut, er hat wenigstens ein schlechtes Gewissen, da reagiert er immer so patzig, denkt Helene mit leichter Genugtuung.
„Ich lass mich doch nicht gehen!", verteidigt sie sich, weiß aber im selben Moment, dass das nicht ganz richtig ist. „Bitte, ich backe zweimal in der Woche Brot, einen Kuchen pro

Woche mindestens, immer einen anderen. Jeden Tag wird frisch gekocht. Ja, was erwartest du denn noch? Dass ich mich vor dir ausziehe? Wie die Andrea?"
„Oh, nein. Nein, nein!", erschrocken hebt Markus abwehrend die Hände. „Aber schau dich doch an! Dein Jogger hängt mindestens schon drei Tage hintereinander an dir. Deine Fingernägel! Deinem Zeigefinder fehlt locker seit vier Tagen die Farbe und deine Haare … also bitte! Als Stylistin musst du doch wirklich nicht so schlampig aussehen. Du schaust aus wie unsere albanische Putzfrau im Büro!"
„Du hast doch den größten Vogel überhaupt! Wer sieht mich denn schon?"
„Dein Ehemann. Gerade hast du noch eine Chance für uns gewittert und dann mutest du mir dich in diesem Zustand zu?"
„Seit vier Wochen sind wir hier mehr oder weniger eingesperrt. Der einzige, der mich wirklich sieht ist der Biobote, wenn er unseren Lebensmittelnachschub bringt. Dass du mich anschaust, damit habe ich tatsächlich nicht gerechnet!", giftet nun auch Helene aufgebracht. „Ja, sie fehlen mir, meine Kundinnen. Denn die haben wenigstens hin und wieder auch ein Kompliment für mich übrig. Es gibt Gespräche. Und wenn es auch nur um Kochrezepte oder Ausflüge geht, aber wir sprechen miteinander. Was man ja von uns beiden kaum behaupten kann. Ich vermisse es. Du nicht? Nein, du wahrscheinlich nicht. Du brauchst diesen sozialen Schnickschnack schlichtweg nicht. Du bist ein Soziopath, ein Menschenverachter. Was du brauchst kaufst du dir einfach. Das ist leicht. Vor allem kann man es ganz einfach entsorgen, wenn man dessen überdrüssig geworden ist."
„Ach, komm, Helene. Komm mir doch nicht so…".
Doch sie lässt ihn kaum zu Wort kommen.

„Mir fehlt das Anteilnehmen am Leben anderer Menschen, das Interesse das mir entgegengebracht wird, eine Umarmung. Wenigstens eine Umarmung! Ein Kuss. Ein sich in die Augen schauen. Den anderen erkennen.“

Diese Art von Schlagabtausch sind beide gewohnt. Es ist ihr Umgangston seit … ja, seit wann eigentlich, überlegt sie erschrocken. Lange jedenfalls. So lange, dass sie schon mehrmals das Weite suchen wollte, sich aus dieser lieblosen Beziehung herausnehmen. Aber dann war sie doch immer vernünftig und verheiratet geblieben - auf der sicheren Seite.
„Ich dachte, du wolltest noch eine Chance für *uns*?“, legt Markus nach.
„Eh. Ich habe tatsächlich geglaubt, dass wir eine hätten, eine Chance. Aber da gehören immer zwei Seiten dazu. Es wundert mich wirklich, dass die Andrea sich mit so einem Ekelpaket wie dir einlässt!“
„Du weißt, dass ich äußerst charmant sein kann, wenn…“.
“Ja, wenn du etwas willst.“
„So ist es!“ Markus grinst selbstgefällig. „Und von dir will ich nichts, außer gutes Essen und ein sauberes, gemütliches Zuhause.“
„Und genau das, mein Lieber, genau das wird dir noch zum Verhängnis werden, du … du … Ach was!“ Helenes Wangen sind rot vor Zorn. Doch dann grinst sie.

„So eine Affäre zu haben, gerade jetzt … eine Social-Distance-Geschichte … das muss ja richtig heiß sein. Fast beneide ich dich. Muss echt erfüllend sein.“
Damit geht sie hinaus und lässt die Tür offen.

„Blöde Hexe!“ Markus stemmt sich aus seinem Stuhl und rennt an ihr vorbei, die Treppe hinunter und durch die Verbindungstür im Vorraum in die Garage, wo ein nigelnagelneuer Volvo XC90 steht.

Helene geht in die Küche, denn die Eieruhr hat ihr signalisiert, dass der Kuchen fertig ist. Es duftet herrlich nach heißem Zucker, Zimt und einem Hauch von Schokolade. Da fällt ein Schuss…